HIPPOLYTE SOUVERAIN, ÉDITEUR.

✳

LES
PAPILLOTES,

SCÈNES

DE TÊTE, DE CŒUR ET D'ÉPIGASTRE,

Par Jean-Louis.

✳

PARIS. — 1831.

LES PAPILLOTES.

SE VEND

CHEZ Mme Ve CHARLES-BÉCHET,

QUAI DES AUGUSTINS, N° 57.

IMPRIMERIE DE DEZAUCHE,
RUE DU FAUBOURG-MONTMARTRE, N° 11.

LES
PAPILLOTES,

SCÈNES

de Tête, de Cœur & d'Épigastre.

— Le cœur, c'est tout l'être.

ELLE.

— Pour être roi, il faut de la tête, mais point de cœur.

LOUIS XVIII.

— Toutes les grandes pensées viennent de l'estomac.

BRILLAT-SAVARIN.

PAR JEAN-LOUIS.

Paris,

HIPPOLYTE SOUVERAIN, ÉDITEUR.

1831.

Complot littéraire.

. . . .

. . . . . Monsieur ***, philanthrope im-
berbe et réformateur toujours mis à la dernière
mode, venait d'achever son plaidoyer en faveur
du vol. — (*page* 33).

Les bougies, fort avancées dans leur carrière, témoignaient d'une soirée laborieuse. En effet, de toutes les personnes réunies par un goût commun pour se communiquer les confidences d'une imagination rêveuse, chacune avait pris la parole, raconté une anecdote, épuisé une émotion.

Car ce n'était point une académie;

Pas même une assemblée prétentieuse, où pensée n'est admise que flanquée de mesures et de rimes;

Encore moins une parlotte patriotique, ou une secte religieuse;

Mais tout simplement une réunion d'amitiés intimes, sans haine, sans rivalité, sans coquetterie, répartissant par portions fort égales entr'elles l'indulgence, le ridicule et l'esprit.

L'un apportait une larme, l'une un soupir, l'autre un rire fou.

On allait donc se séparer, pour se réunir à

huit jours de là, quand une fraction de cet ensemble littéraire se moucha, fit un geste, — et dit :

« Mes amis,

» Le charme de l'intimité est chose délicieuse. Le plaisir que chacun apporte et trouve ici en fait foi ; mais le bonheur n'exclut pas la générosité, et, maintenant, j'avance que nous mériterions le blâme, si nous persistions à borner ainsi plus long-temps à notre seul agrément personnel le résultat de nos travaux communs.

» Adonc, je propose moins de rigueur à l'égard du public ; je demande qu'il profite de nos essais ; enfin, je vote pour l'impression de nos œuvres... »

— Oui ! — S'écria aussitôt avec force un jeune homme au teint hâve, dont les violentes émotions d'avenir épuisent la naissante énergie. Puis, — le temps de se rasseoir, — l'éclair ambitieux avait brillé, et son œil redevenu morne ne vit plus l'avenir que bien loin... Il est poitrinaire.

— Oh! oh! — fit un gros papa, pour qui le caractère typographique est le sceau du génie.

— Moi, je m'oppose à ce projet, dit une voix gracieuse, ou je retire mes confessions. Il n'y a jamais qu'un cœur capable de comprendre une rêverie de femme. — C'est celui qui l'a fait naître.

— Bah! — répliqua un jeune fou. Heur et malheur font l'expérience. Mes infortunes profiteront à plus d'un. Je lègue mes infortunes à l'humanité!

— Et vous, mademoiselle? — Une vive rougeur fut sa réponse.

— Comme ancien philellène, je ne refuserai certes point d'être utile au public; mais avant tout, je tiens à ne pas être connu.

Celui qui parlait ainsi était un petit monsieur qui ne manque jamais d'aligner en toutes lettres ses prénoms, nom et surnom, quand il peut par hasard glisser un article dans un journal.

— Ni moi! — Ni moi! — Ni moi! devint un cri universel, détruisant tout l'effet de la pantomime modeste dont le petit monsieur accompagna son avis.

— Eh bien, dis-je en ce moment, nous voici tous d'accord.

— Ah!

— En qualité d'archiviste de nos œuvres, je propose le mode suivant de publication.

Nous allons faire un volume d'expérience acquise.

Elle profitera à ceux qui n'en ont point, parce qu'ils ne doivent pas s'en passer. Elle profitera encore à ceux qui en ont déjà, parce qu'on n'en possède jamais trop.

Nous nous abstiendrons de tout raisonnement, parce que, n'importe sa force en pareille matière, un raisonneur rencontre toujours dans le public beaucoup de gens qui raisonnent mieux que lui.

Un fait comporte à lui seul des milliers de commentaires. Un commentaire ennuie souvent, un fait intéresse toujours. Nous sommes forts en fait de faits et le public en fait de commentaires : nous donnerons donc au public nos faits, et lui s'ennuiera de commentaires, si ça l'amuse.

Nous avons la matière d'une médiocre encyclopédie de 40 gros volumes; nous ne ferons pas mal d'en extraire seulement un petit livre des meilleures choses possibles.

Chacun de nous a exploité le cœur, la tête et l'épigastre appliqués aux passions, aux ommelettes et aux moulins à vent, — car il y a un peu de tout cela dans l'existence, — eh bien, je me charge de débrouiller ce qui concerne la vie expérimentale, pour réunir le tout sous le titre de PAPILLOTES.

Et après ce premier fragment de nos œuvres,

Si telle est encore notre fantaisie;

Si le cholera-morbus le permet ; . . . . .

Si la comète de 1832 ne s'y oppose pas ;

Nous admettrons successivement, par volume, le public à l'intimité complète de nos réunions.

. . . .

JEAN-LOUIS.

I.

Moeurs de convention.

❇

❇

Journée d'une Femme à la mode.

La mode est la plus puissante de toutes les religions,
en ce qu'elle est trop ridicule pour avoir des ennemis,
mais suffisamment pour avoir des fanatiques.

UN FASHIONABLE.

De légers nuages d'une vapeur toute parfumée s'élèvent d'une corbeille de fleurs soutenue sur un trépied doré, et le flambeau d'un petit amour tout façonné d'émaux et de pierreries, répand l'incertaine clarté d'une veilleuse. Cette douce lueur, tantôt reflétée dans les glaces, tantôt se balançant sur des draperies azurées, pénètre le mystère d'une mousseline transparente, et éclaire un piquant désordre, vestige de plaisirs d'élégance, de coquetterie, de sentiment peut-être, de tout ce qui révèle enfin la chambre d'une femme. Des cachemires,

suspendus aux patères, vingt nuances de gazes
et de rubans qui attendent un choix ; des livres
et des plumes, des fleurs et des pierreries, des
extraits d'ouvrages et de manuscrits commencés;
une broderie, sur laquelle une aiguille s'est arrêtée ; un album rempli de croquis et de res-
semblances inachevés ; puis les meubles somp-
tueux, les ornemens gothiques, les peintures
aux fraîches et douces images, et la pendule
emblématique qui sonne onze heures du matin,
et vient porter le réveil dans cette alcôve où repose tout ce que la jeunesse et la grâce peuvent
réunir de séduisant sous les traits d'une femme
à la mode.

Et cette femme dont les cheveux noirs viennent de se dérouler sur les épaules, qui presse de
sa main son front encore brûlant des fatigues de
la veille, dont les lèvres s'entrouvent sous un de
ces doux et nonchalans soupirs qui font passer
du sommeil à la vie, c'est Corinne ; mais ce n'est
plus Corinne encore aimable par la nature, aimant l'amour pour l'amour, émue par des pensées douces comme des désirs, rêvant un avenir
de riantes sympathies, voulant qu'il fût un cœur
pour qui son cœur fût tout, et s'imaginant qu'il
peut appartenir à une femme de donner un

bonheur complet. Elle a vécu deux années dans le monde, et son âme est désenchantée.

Aussi, elle n'attend plus Ernest, car Ernest est celui qui a brisé le roman de sa vie. C'est lui qui a préparé toutes les déceptions de son cœur, qui a souri de pitié aux témoignages de son inquiète tendresse, qui a paru fatigué du regard qu'invoquait un amoureux sourire, et qui a dit un jour : «La sensibilité n'est plus qu'un travers, le doux parler un marivaudage, et les amours un ridicule.»

Corinne n'aura donc point un réveil de caresses, une voix émue ne fera pas vibrer ses veines, ses lèvres ne sentiront point quelle peut être la volupté des anges, et une tête gracieuse appuyée sur son épaule, entourée de son bras, ombragée par ses cheveux, ne recevra pas son regard languissant de bonheur et ses soupirs brûlans de souvenirs.

Car déjà les mœurs du jour exercent leur influence. Loin de sa femme, Ernest, au milieu d'un café bruyant, discute vingt questions politiques, et Corinne, en prenant un bain tout suave de recherches, va étudier dans la polémique de vingt journaux, ce qui peut décider entre la cause des peuples et des rois.

C'est que pour plaire encore , pour suivre l'esprit à la mode, il faut parler gouvernement, principe, hérédité, opposition ; et lorsqu'Ernest et Corinne réunis dans une salle ornée de parvis de marbre, de transparens aux vitraux coloriés, et de fontaines jaillissantes dans des coupes d'albâtre, ont terminé leur élégant déjeûner, ils n'ont point dit un mot qui fût pour la gaîté, l'affection, le charme de la confiance ; ils se séparent sans s'être rappelé un instant qu'il pouvait être pour eux d'autres partages d'émotions, d'autres idées, d'autres souvenirs!

Et lorsque les plumes se balancent sur la tête de Corinne , lorsque son schall se drappe autour de sa taille et qu'elle se jette au fond de son brillant équipage , son front devient soucieux, une pénible préoccupation semble oppresser sa pensée. Peut-être est-ce parce qu'elle vient de quitter un jeune homme qui croyait qu'on pouvait encore comprendre le premier langage d'un cœur aimant et simple. Auprès d'elle, il osa dire ces mots qu'une imagination jeune et brûlante sait créer pour exprimer le désir. Il sut peindre son cœur aux battemens de feu , ses veilles d'amour et leurs amères délices ; ses espérances pleines de tortures, ses rêves remplis de

charmes ; aussi, ses longs regards, ses tristes et
doux sourires, sa touchante éloquence auraient
pu troubler le cœur de Corinne, si elle ne s'é-
tait rappelé que la mode avait abjuré toutes les
langueurs des passions, voué toutes les faiblesses
de l'âme aux ridicules de la sensiblerie.

Mieux vaut pour elle parcourir le cours de
ses visites, fuir ces dangereux appels que la pitié ou la reconnaissance viendraient faire à son
cœur ; aller chez Anaïs, demander quelle grâce
nouvelle la mode va donner aux fleurs et aux
rubans ; ou venir partager chez Amélie la lecture de quelques pamphlets du jour, d'une pièce
inédite, d'un poème aux vaporeuses fictions ;
parler peinture, musique, discuter les doctri-
nes, analyser le siècle ; puis, arborer une couleur politique et faire passer sur ses lèvres de
rose tous les discours d'un machiavélisme à la
mode.

Elle n'ira pas chez Eugénie, car là, c'est encore un cercle d'afféteries, de conversations pré-
tentieuses, de galanteries aux propos délicats,
tels que la société les supportait il y a vingt
années. Ce sont les femmes de l'empire avec les
exigences de leur mérite, les fadasseries de
leur coquetterie. Là, on entend encore citer des

vers classiques et des bons mots riches de dix
années de nouveauté. On y exploite la médisance, on y torture l'esprit, on ne saurait sans
minauderies y vanter de vieilles gloires ou y
ériger de jeunes triomphes; enfin, chez Eugénie, on retrouve tout, hors le naturel qui est la
grâce du jour, et l'éloquente simplicité qui distingue la supériorité des femmes de notre
époque.

Une heure de liberté offre encore à Corinne
la possibilité d'aller à l'exposition des tableaux,
observer les efforts de notre jeune école. Son
isolement ne doit pas l'arrêter, car il est passé
le temps où une femme craignait de se rendre
seule dans une institution publique. Aujourd'hui,
assimiliées à toutes les élévations, susceptibles
de prétendre à tous les succès, les femmes partagent avec les hommes l'indépendance du génie, et ne sont plus arrêtées par la petitesse de
préjugés répudiés comme la superstition. La
beauté de Corinne n'aura point à redouter une
remarque offensante. On ne l'embarrassera point
par une sotte admiration, car les impertinentes
flatteries ne sont plus admissibles. Un fat ou
un écolier pourraient seuls ignorer encore que

suivre une femme, n'est plus qu'un ridicule hors de mode.

On dine vite chez Corinne, car la gastronomie n'est pas un plaisir qui convienne à nos goûts. Le positif de la vie en est devenu l'accessoire; on aime à penser aujourd'hui, on veut une existence toute intellectuelle, des jouissances qui répondent aux progrès de l'imagination. Vivre dans la vie ne paraîtrait plus qu'une absurdité. Ce qui est, ne saurait plus suffire aux besoins de nos émotions. Nous aimons les débordemens de la politique, et ses frémissantes émotions, les exagérations de la poésie et les monstruosités du théâtre; nous nous plaisons dans ce délire d'actions et de pensées, où nous a jetés le tourbillon des révolutions; nous ne sommes contens de l'existence, qu'autant qu'elle se trouve saccadée par les impressions les plus poignantes.

C'est pour cela que Corinne n'ira point chercher le spectacle de quelque antique tragédie, où la vertu est peinte dans sa sublime uniformité, où l'amour se noie dans toutes les doléances de la déclaration, où le devoir et le remords semblent hissés sur des échasses, pour combattre les enivrantes séductions du plaisir.

Mais la plume de nos jeunes Sophocles a su trouver des tableaux plus vrais, plus en harmonie
avec les nécessités de nos mœurs et les sympathies de notre époque. Elle dépeint nos passions
avec leur agonie et leur ivresse, avec leurs larmes suaves et leurs rires hideux. Des crimes et
des étreintes amoureuses, des supplices et des
voluptés, des bizarreries, des fureurs, des con-
trastes, elle a tout fait surgir pour révéler ce
que la cruauté et l'amour, la barbarie et la faiblesse peuvent apporter au cœur de tortures, de
délices et d'angoisses.

Telles sont les impressions qui doivent terminer la journée de Corinne. Et lorsqu'elle aura
applaudi à quelque jeune ovation, à quelque
succès lyrique, puis qu'elle aura remis sur ses
épaules l'écharpe attachée au fond de sa loge,
comme hier, comme aujourd'hui, comme demain, elle reviendra seule dans ses appartemens.
Alors, dégagée de toutes les contraintes d'une
société artificielle, elle aimera, dans un moment de repos, à retrouver ses émotions et sa
pensée telles qu'elles furent créées dans son
cœur. Elle rappellera toutes les illusions dont sa
crédule sensibilité avait un jour paré la vie. Ses
perfections idéales, ses bonheurs fantastiques se

représenteront tels qu'ils étaient d'abord dans
ses rêves d'innocence, et elle se demandera ce
qu'est devenue cette première existence ; pourquoi on a détruit ce prisme à travers lequel son
ardente imagination voyait tout et si beau, et si
pur, et si tendre ? Pourquoi la faculté de jouir et
de souffrir, pourquoi ce don du ciel est soumis aux jugemens des hommes ? Par quel ordre
humain, par quel droit insensé, par quelle gra-
dation inaperçue, tout ce qu'elle possédait d'aimant, de bon, d'exalté, tout ce qui lui eût fait
un avenir selon ses goûts et son âme, se trouve
sacrifié à ce seul mot : LA MODE !...

Et Corinne roule ses longs cheveux sous la den-
telle, laisse tomber sa parure sous ses pieds, puis
va demander au sommeil du calme pour ses pensées, du bonheur pour son cœur vide, des illusions pour une aride réalité ; car le sommeil donne
tout cela ; c'est la moitié charmeresse de la vie.
Combien peu d'organisations sauraient supporter
l'existence, si chaque jour le sommeil ne venait
l'interrompre de son repos — quand elle est ardente ; de ses consolations — quand elle est dé-
couragée.

La Dame de Charité.

« En vérité, dit-elle, en me voyant entrer,
vous arrivez fort à propos, mon cher maître.
Vous êtes philanthrope aussi, vous, puisque vous
êtes avocat, vous ne refuserez pas de me servir
de cavalier, car c'est aujourd'hui le jour des
malheureux ; oui, j'ai l'habitude de leur consacrer exclusivement les vendredis, c'est bien le
moins quand on est dame de charité : le reste de
la semaine j'ai tant d'occupations... »

Madame de C... est encore fort bien, car elle
n'a que vingt-huit ans, et son mari en a soixante ;
c'est dire qu'elle a conservé toute la fraîcheur
de formes et de teint que donne une vie exempte
de toute espèce d'excès. Unie à dix-sept ans à un
vieux conseiller en cour royale, elle a pris bravement son parti, et trop bien élevée pour avoir
des amans, madame de C... a des chiens et des
pauvres : elle s'est faite dame de charité.

Le moyen de ne pas donner dans la philanthropie, quand c'est une jolie femme qui nous y
convie et qui nous y mène·en landau ! J'acceptai
donc.

Il pouvait être midi quand nous montâmes
en voiture. Pour faire du bien, aucuns diront
peut-être que c'est commencer un peu tard sa
journée ; mais enfin vaut mieux tard que jamais.
« Où va madame ? — A Saint-Thomas-d'Aquin. »
Nous arrivâmes bientôt... Madame de C..., après
s'être signée en passant devant chaque image du
Christ, me fit parvenir avec elle jusque dans la
sacristie, puis elle pénétra seule dans un sanc-
tuaire qui paraissait interdit au vulgaire profane, me laissant quelque temps dans une espèce d'antichambre meublée de prêtres de toutes
façons, les uns jeunes, les autres âgés, mais tous
à faces roses ou rubicondes, à mollets arrondis,
à mains blanches et potelées, qui devisaient
joyeusement de politique, de sermons, de finances, voir même quelques-uns de théâtres.
— Ma belle compagne vint enfin me reprendre, « Mais, lui dis-je en sortant, il me semble
avoir vu là beaucoup plus de gras chanoines oc-
cupés à prendre bien la vie que de malheureux
à consoler.—Oh ! ce n'est pas cela, me reprit-elle,

c'est que dimanche M. l'abbé *** fait un sermon sur la bienfaisance, et vous sentez que je ne voudrais pas le manquer, moi, dame de charité; aussi je suis venue pour savoir l'heure au juste..... Maintenant, ajouta-t-elle, nous allons passer chez mon pâtissier, si vous voulez bien; je rends le pain bénit après-demain, et je suis bien aise de faire cette commande moi-même; c'est la baronne de S.... qui l'a présenté la semaine dernière, je ne veux pas qu'il puisse être dit qu'elle a mieux fait les choses que moi. » Ce fut l'affaire de vingt minutes.

« Benoit, chez ma marchande de modes. » — Je parus interdit.... « Je croyais que c'était le jour des malheureux ? — Sans doute... Mais vous ne comprenez donc pas... Après le pain bénit, ne faut-il pas que je quête pour les pauvres, et je n'ai pas de chapeau pour cela..... Est-ce qu'on me donnerait si j'étais mise sans grâce comme une douairière; vous voyez donc que c'est uniquement pour les malheureux ce que j'en fais... Mais tenez, nous voici arrivés; au lieu de faire encore des épigrammes, donnez-moi votre goût. — Madame... — Si, je le veux; cela ira plus vite. Celui-ci pour commencer. Comment trouvez-vous ce chapeau ? trop mesquin, n'est-ce

pas?.. Et cet autre? il n'est pas mal ? Mais il est bien
mondain, je crois... Ce rose m'irait assez bien...
Et ce gris, qu'en pensez-vous?... Il faut que je
l'essaie. » Aussitôt chapeaux de voler, modistes
d'offrir. Je vis que tout le magasin allait y passer. Il y avait près de deux heures que nous
étions là. Je tirai ma montre. « Mon dieu! m'é-
criai-je, bientôt trois heures; l'Hôtel-Dieu sera
fermé, et vous avez, je crois, un malade à y visiter. — Effectivement... Mon dieu que le temps
passe vite... Encore quelques minutes, que j'exa-
mine ce berret... Les jours. sont maintenant
d'un court désespérant... Décidément je revien-
drai demain... Mon cher maître, je suis à vous. »

C'est un touchant spectacle que celui d'une
visite à l'hôpital... Ces malheureux qui en con-
solent d'autres (car les riches entrent peu dans
ce séjour de douleurs); ces enfans qui crient,
ces mères qui cachent une larme, ces moribonds
qui s'efforcent de sourire, ces vieux amis qui se
privent du nécessaire pour apporter en cachette
à leur ami un grossier superflu; ces infirmiers
qui vont et viennent, ces sœurs qui surveillent,
ces convalescens squelétiques qui passent comme
des ombres, tout cela frappe singulièrement
l'imagination.

Lorsque nous arrivâmes à l'Hôtel-Dieu, les autres visiteurs commençaient à en sortir... Que de douloureuses séparations! que de fausses espérances! que d'adieux éternels! que de mains se serrèrent qui ne devaient plus se serrer jamais! que d'orphelins, que de veuves pour le lendemain!

Salle Saint-François, n° 37, « C'est ici, dit madame de C... en s'arrêtant devant un lit. — C'est vous, Madame, grommela une voix entrecoupée; je n'osais plus espérer vous voir aujourd'hui... Je vous ai bien attendue. » Et une tête livide et décharnée sortit de dessous la couverture.

«Et bien, mon bon Michel, comment cela va-t-il aujourd'hui! — Bien doucement, madame. — Où souffrez-vous? qu'avez-vous? — Je n'ai pas bien entendu le médecin tantôt à la visite; mais je crois bien que c'est des rhumatismes; ça me fait mal comme ça dans les reins.... et puis partout... Ça n'est pas étonnant, la loge est si humide, si malsaine... Madame m'avait promis, il y a deux ans... quand on a rarangé l'hôtel...

— C'est vrai, c'est vrai. Eh bien, sois tranquille, j'en parlerai à mon mari; et l'année prochaine, s'il fait refaire son escalier, certainement je pen-

serai à toi... Mais comment te trouves-tu ici.....
bien, n'est-ce pas?... La nourriture... — Ah
dame, Madame, il est vrai de dire que le bouillon n'est pas plus fort qu'il ne faut. — C'est bien,
je le connais; j'en ai goûté le jour où le roi
Charles X... Pour les malades, le bouillon doit
être un peu faible... De sorte que tu n'as besoin
de rien?... — Si c'était un effet de votre part
de me donner de quoi avoir du tabac? — Du tabac! du tabac! c'est une mauvaise habitude; ça
ne te vaut rien dans ton état... et puis c'est de
l'argent dépensé inutilement... Je ne devrais pas...
— Tenez, brave homme, dis-je, en lui glissant
une pièce de monnaie. — C'est la dernière fois au
moins, ajouta madame de C...» En disant ces
mots, elle s'éloigna. Le vieillard renfonça une
larme, et nous sortîmes.

« C'est, me dit madame de C..., après être
remontée en voiture, un vieux serviteur de ma
famille; je l'ai pris à mon service comme concierge à l'époque de mon mariage, je regarde
comme un devoir de ne pas l'abandonner, car
j'ai été élevée sur ses genoux en quelque sorte;
aussi je m'estime heureuse d'avoir pu, en ma
qualité de dame de charité, lui procurer un

asile dans cet hôpital pour y terminer en paix sa carrière. »

Les chevaux s'arrêtèrent sur le boulevard du Mont-Parnasse. « Quoi, dis-je à ma compagne, votre bienfaisance vient chercher si loin des infortunés à secourir. — Ici, oh non... je viens voir Casca. — Qui donc, Casca ? je ne connais pas. — Comment, vous ne voyez pas sur cette porte, en lettres d'or : *Établissement pour les chiens malades*. Casca, c'est mon chien ; vous savez bien ce joli carlin marqué de feu, qui saute si bien sur vous. — Ah ! ah ! c'est différent. »

La maison était d'assez gracieuse apparence. Une femme vint à notre rencontre, et nous fit entrer dans un joli petit salon, en attendant le maître du logis qui était allé donner des *Consultations* en ville. J'eus le loisir d'examiner les nombreux bocaux remplis de médicamens divers qui ornaient la pièce où nous nous trouvions, et la terrasse garnie de fleurs, sur laquelle humaient les rayons du soleil déclinant les convalescens à quatre pattes de toutes espèces. Là, un carlin en bonnet de laine ; ici, un caniche en camisole de tricot ; plus loin, une levrette ayant des éclisses à la jambe, puis un gros dogue portant une mentonnière.

.L'Esculape ne tarda pas long-temps; il entra tenant dans ses bras l'objet de notre visite *philan-thropique.* — Casca! s'écria, dès qu'elle l'aper-çut, madame de C...

L'animal engourdi n'y fit pas attention.

« Casca... Il ne me reconnaît seulement pas, ajouta-t-elle avec un accent tout-à-fait drama-tique.

Et les larmes lui vinrent presqu'aux yeux.

« Il va mieux cependant, dit le docteur; mais l'air de la campagne lui est encore nécessaire pour dissiper cet assoupissement... Il faut qu'il reste encore quelque temps avec nous.

— Surtout ne lui épargnez rien, reprit la maîtresse... Je veux qu'il ne manque de rien ab-solument, entendez-vous, monsieur, dit-elle en posant une pièce d'or sur la table; puis tirant de son sac, que jusque-là j'avais cru farci d'Heures et d'Eucologues, force biscuits, gimblettes et macarons, elle se mit à en régaler Casca, qui eût retrouvé en un instant toute la voracité et l'importunité des individus de son espèce.

Là, comme chez la marchande de modes, je fus obligé d'avertir madame de C... qu'il était près de cinq heures.

« Impossible, s'écria-t-elle, et moi qui ai

encore trois malades à visiter, trois misérables
qui ont à peine de la paille pour se coucher, et
peut-être pas de pain... Enfin, ce sera pour la semaine prochaine... Mais rentrons vite, mon cher
maître; je reçois aujourd'hui M. le curé, et il
est impossible à son estomac de passer cinq
heures... Dieu! qu'on a des devoirs à remplir
quand on est dame de charité!! »

Fille à Marier.

Octavie a dix-sept ans; ses grâces n'ont plus rien à attendre du temps; sa beauté brille de tout l'éclat de cette jeunesse qui, à elle seule, est presque de la beauté; son esprit, formé par une heureuse éducation, réunit la légèreté à l'instruction : Octavie est à marier. Qui ne le devine à cette description?

Sa famille n'a point envie de recourir à ces feseurs de mariages par entreprise, qui allument les flambeaux de l'hyménée à prix fixe, et soutiennent leur ménage du tribut levé sur tous ceux qu'ils établissent. Mais on veut marier Octavie; une femme n'a rempli sa destinée que quand elle s'est soumise aux devoirs d'épouse et de mère; d'ailleurs, Octavie a des sœurs qu'il faudra pourvoir à leur tour, et leur aînée doit la première échanger le fichu de la jeune fille contre le cachemire de la mère de famille.

Il faut bien qu'on sache dans le monde qu'Octavie est sortie de son pensionnat, et que les
jeunes Renauds qui voudraient posséder cette
Armide n'auront point de combats à livrer
pour obtenir le prix de leur amour. De la fortune ou une profession lucrative, un caractère
supportable, des espérances pour l'avenir, voilà ce que l'on demande : la jeune personne aura
100,000 fr. de dot, un trousseau choisi chez les
marchands en vogue, voilà ce que l'on promet.

Pour arriver au but désiré, la famille reçoit
deux fois par semaine tous les jeunes gens qui lui
sont présentés; notaires, avoués, agens de
change pourvus de charges qu'ils n'ont point
payées, avocats sans causes, héritiers sans état,
tout ceux que leur âge appelle à se marier, sont
admis avec empressement, reçus avec politesse,
et traités avec des égards proportionnés à leur
emploi et aux convenances de position ou de fortune qu'ils présentent.

Au milieu de cette foule d'aspirans reconnus
ou secrets, la jeune fille, vêtue avec grâce et
simplicité, semble ne jouer aucun rôle quand
elle a le plus important. De temps en temps,
ses doigts se promènent sur les touches de son
piano; les murs de l'appartement sont couverts

des dessins qu'elle a tracés; tantôt elle chante avec embarras la plaintive romance, tantôt elle exerce son aiguille sur une broderie délicate; sa mère lui prescrit de se tenir droite, de parler peu, de rougir à propos, et de ne laisser percer aucune préférence.

La pauvre enfant regrette souvent la liberté du pensionnat; elle préfèrerait les jeux de son enfance à la contrainte dont elle gémit; elle considère avec trouble l'avenir qu'on lui prépare; elle ne sait ce qu'elle est destinée à devenir; elle répète souvent ce vers d'un de nos poètes :

L'homme fait son état, la femme le reçoit.

Hors de la maison paternelle, il n'est pas possible de mettre en évidence les talens et les goûts d'Octavie; mais ses parens se font les agens de la grande affaire qu'ils veulent conclure. Si la mère rencontre un jeune homme, elle le fait causer sur lui-même, lui parle de mariage, décrie le célibat, et, appelant sa fille avec une indifférence affectée, imite les magnétiseurs qui mettent les somnambules en rapport avec les malades en les mettant en présence. Les oncles, les tantes prennent leur

part des négociations à entreprendre , et plus
d'un diplomate exercé envierait l'adresse de
leurs insinuations, l'habileté de leurs manœu-
vres, et le talent avec lequel ils savent découvrir un célibataire, s'enquérir de sa fortune et
s'assurer de ses goûts.

Si l'on a enfin rencontré l'homme qui paraît
convenir, s'il a témoigné quelque préférence,
de combien de façons ne saura-t-on pas l'entourer et presque le séduire ? On ne manquera
pas une occasion de le recevoir, de lui révéler
les mérites de la jeune fille; on saura dissimuler
ses petits défauts, la légèreté de son caractère
et le peu de constance de ses affections; il croira
que le ciel a formé tout exprès pour lui une
Clarice, et que, Lovelace moral, il peut, à
l'aide d'un bon contrat, s'assurer le bonheur,
les soins d'une épouse et l'amitié d'une compagne aimable.

Octavie a remarqué dans le monde un jeune
poète que sa réputation naissante a déjà signalé
à l'attention publique; elle aime sa conversation, elle a entendu avec trouble le galant impromptu que l'amour a écrit sous la dictée
d'Apollon; elle aimerait à porter un nom dont
elle devine la célébrité future; mais Apollon

a été plus prodigue de ses dons que Plutus.
Bientôt elle se voit forcée d'accompagner à l'autel un propriétaire campagnard, éligible qui
ne sera jamais élu, prosaïque adorateur qu'un
majorat a revêtu du titre de baron, et tous les
rêves qu'elle avait faits vont s'effacer au fond
d'un château dont elle sera la suzeraine, et où
l'ennui doit remplacer l'amour, l'opulence
prendre le titre de bonheur, et la monotonie
du village succéder aux plaisirs factices qui pré-
parèrent son mariage.

Cependant sa famille est heureuse d'un pareil succès; les jeunes sœurs envient le sort
de madame la baronne, jusqu'à ce que l'âge
de se marier les expose à la même étiquette,
aux mêmes hasards et aux mêmes regrets.

La Coquette.

La voyez-vous au milieu de ce salon, cette petite femme aux cheveux cendrés, à l'œil vif et malin , au sourire plein d'amour? sa robe de crêpe blanc paraît tenir à peine sur ses jolies épaules, et une guirlande de roses semble posée par hasard sur son front. Elle est entourée d'hommages, de flatteries; elle attire tous les hommes, et tous auprès d'elle semblent trouver du charme; elle a l'esprit de les rendre contens d'eux, certaine alors qu'ils seront contens d'elle. S'approche-t-il quelque vieux militaire? elle prône la valeur et vante la gloire d'Austerlitz et d'Iéna , en passant sur son front des doigts de lis et de rose. Quelques jeunes disciples de Thémis paraissent-ils l'écouter? elle met au-dessus de tout mérite celui de l'éloquence , et place à l'apogée le talent de la tribune , en avançant négligemment un petit pied façonné pour l'amour.

Un jeune homme, à peine sorti de sa philosophie, vient-il afficher quelque froide maxime?
elle admire la sagesse de Solon, et laisse apercevoir un sourire qui eût inspiré la lyre d'Ana-
créon. Jamais coquette enfin ne parut plus par-
faite; jamais femme du monde ne sembla réunir
plus de moyens de séductions, plus de désirs de
plaire; légèreté dans les discours, coquetterie
dans le sourire, gaîté dans le regard; elle semblait tout posséder pour animer, charmer, tromper peut-être... et pourtant elle ne trompait
personne, car elle jouait avec ses charmes comme
l'enfant joue avec des hochets ou des fleurs; par
les mêmes armes elle attirait et repoussait la galanterie, et, sous ce triple rempart de coquetterie, son cœur, en apparence insensible et fri-
vole, dérobait le soupir qui s'échappait pour un
seul, tandis que sa bouche accordait mille sourires aux autres.

Mais ne la suivons point cette coquette aux
yeux bleus, lorsque retirée dans sa chambre,
elle détache sa guirlande et dénoue sa ceinture;
peut-être alors une larme trouble-t-elle ces
yeux si brillans, peut-être un sourire amère ef-
fleure-t-il ces lèvres agaçantes! Ici elle va reprendre toute l'existence de son cœur; mais ici

aussi, nous devons arrêter notre tableau ; car appartiendrait-il à la plume d'une femme de découvrir le cœur d'une autre femme ? et devons-nous apprendre comment notre coquetterie peut être comptée pour une vertu, puisqu'elle nous sert à dissimuler, aux yeux de la société, la faiblesse de notre cœur, et à ne laisser jamais deviner l'empire, trop dangereux peut-être, que l'on pourrait avoir sur notre imagination.

Une Représentation extraordinaire.

De ce qui vous aima ménagez bien le cœur,
Et craignez près de Dieu les larmes d'une femme.

ULRIC GUTTINGER.

Une représentation extraordinaire à l'Opéra n'offre pas seulement un spectacle brillant et varié, un assemblage d'art et d'illusions, inventés pour enivrer les sens; un esprit observateur peut y trouver mille scènes indépendantes de celles dont les machinistes font les frais, et les tableaux de la société s'y représentent quelquefois parmi les spectateurs avec une vérité que ne sauraient dissimuler ni l'éclat du luxe, ni l'adresse de la coquetterie.

Une loge s'ouvre avec fracas : un jeune militaire, dont les regards sont pleins de feu et de bonheur, paraît le premier; il accroche un manteau à l'un des patères dorés, jette un cachemire sur la balustrade, un boa sur une chaise; puis, une femme d'une tournure charmante vient

s'asseoir à ses côtés; on ne peut distinguer ses
traits, car elle porte un chapeau tout ombragé
de plumes, et depuis une heure que le spectacle
est commencé, elle n'a pas encore tourné la tête
vers la scène, tant sa conversation est animée.
Cependant un nouvel individu paraît dans la loge;
celui-ci n'a point l'air gracieux, empressé; à peine
prononce-t-il quelques mots; mais tout change
à son aspect. Le jeune militaire lui cède sa place,
reprend son chapeau, relève sa moustache; la
femme à jolie tournure semble prendre tout à
coup un intérêt particulier aux acteurs; elle ne
s'occupe plus que de la scène...

Dans une loge voisine, deux jeunes filles pa-
rées des grâces de la première jeunesse, de leurs
jolis cheveux blonds et d'une simple robe en
mousseline, indiquent par leurs naïves physionomies qu'elles sont au début de la vie comme à
celui des émotions de l'âme; car, pour elles, le
spectacle possède encore tous ses attraits, on voit
leurs charmans regards se troubler aux jolis
mots prononcés par une actrice séduisante, les
danses voluptueuses de Taglioni animent leur sourire et la savante harmonie de Rossini fait soulever
leurs jeunes seins. Empressons-nous de les regarder encore, car, dans bien peu de temps peut-

être, la flatterie aura terni leurs grâces, la passion émoussé leurs plaisirs… Elles ressembleront
à ces jeunes femmes qui, non loin d'elles, at-
tirent tous les regards par la recherche de
leur élégance, la séduction de leur maintien, et
reçoivent mille hommages dont nuls ne sauraient émouvoir une sensibilité sacrifiée à l'a-
mour-propre, une imagination consacrée à la
coquetterie, mais qui suffisent à leurs désirs;
car, si leur vanité demande que tout s'occupe
d'elles, leur âme n'éprouve déjà plus le besoin
de s'occuper de rien.

Quel singulier contraste avec ce jeune couple
qui seul occupe cette loge où il semble que pour
lui soit l'univers entier! Lorsqu'on possède la
jeunesse, la beauté, l'espérance, et que l'on est
deux, n'a-t-on pas avec soi tous les bonheurs
du monde! Personne n'ose les interrompre, on
respecte leur ivresse, leur illusion; on sait qu'ils
sont unis depuis huit jours par un mariage d'in-
clination, qu'ils s'adorent, qu'ils ne veulent
plus se quitter, que, pour être toujours ensemble, ils ont loué une loge à l'Opéra pour un an.
Pour un an! Et il n'ont pas rencontré un ami
qui leur ait conseillé de ne l'arrêter que pour
six mois.

Cependant, au milieu de mille places offrant
ainsi mille intérêts divers, on en distingue une
seule qui n'est point occupée, mais plus que
toutes les autres, peut-être, elle parle à l'imagination, car son vide n'est pas celui de l'oubli;
on aime à y deviner, à y pressentir une mystérieuse destination : une femme vêtue d'une robe
de cachemire bleue , portant sur ses cheveux
bruns un bandeau de camées antiques, ayant
une de ces physionomies où la coquetterie voile
le sentiment, où le sourire dissimule la tristesse,
une femme, étrangère en apparence à tout ce
qui l'entoure, semble se plaire à regarder, à
conserver cette place isolée. Ah! sans doute, elle
y confie un vœu, un désir, une espérance!.....
Mais lorsque mille pas se firent entendre sans
s'arrêter auprès d'elle; lorsque toutes les portes
s'ouvrirent sans qu'elle détournât la tête; lorsque
nuls accens répétés à ses côtés ne vinrent animer son sourire; lorsqu'enfin on la vit reprendre le schall qu'elle avait déposé sur cette place
si remplie d'intérêt , y jeter un dernier regard,
se lever et partir..., on put comprendre alors
que quelqu'un devait y manquer pour toujours,
et que par une ingénieuse douleur elle n'avait
été consacrée qu'à un triste souvenir!...

Éloge du Vol.

Tous les hommes sont nés égaux. Tous ils respirent le même air ; ils sont construits de même ; ils doivent mourir un jour. Tous ils avaient l'univers en partage, les mêmes moyens pour agir ; tous ils semblaient devoir jouir du même sort !

Et les lois de la nature n'ont jamais changé, et cependant, autant d'hommes, autant de sorts différens ! Cette terre que tous ils foulent du même pied, elle leur appartenait à tous également ; et maintenant, combien qui n'en ont pas un coin pour reposer leur tête !...

À qui donc ce grand héritage du créateur appartient-il ? Par quel prodige, augmentant de valeur à mesure qu'il augmente d'années, a-t-il pu tomber en quelques mains avides, et refuser de nourrir également tous ceux qui y ont droit ? — L'histoire des hommes explique ce prodige. — Mais ceux qui arrivent au monde sans lot dans le partage ; qui, créanciers de la nature,

3

sont témoins du bonheur qu'ils ne peuvent goûter ; comment ceux-là peuvent-ils se résoudre à
observer des lois qu'ils n'ont point faites ? Lorsqu'ils voudraient associer leurs forces aux forces
de la grande communauté pour en retirer leur
portion des trésors qu'on y partage sans eux ;
lorsque, supplians, ils sollicitent l'esclavage, et
que les puissans, gorgés de leurs biens, les repoussent inhumainement, comment ceux-là
doivent-ils répondre au refus !...

Ici commence la vie de l'homme, c'est-à-dire
le combat entre le crime et la nécessité.

L'un, au caractère vif, à l'esprit rampant, à
construction imparfaite, car il lui manque un
cœur, arrive dans le monde et observe. Il voit
un point que tous ses semblables entourent,
assiégent, obstruent : c'est la fortune. C'est
là qu'il faut qu'il arrive, s'il veut vivre. Mais
toutes les avenues sont bouchées. Tous les
hommes s'entretuent pour y parvenir. Ceux qui
l'occupent, ce point, ceux qui plient déjà sous
le fardeau des dons, ils ne se retirent pas ;
ils ne songent point à faire place à ceux qui
sont derrière ; ils ne leur tendent point une
main secourable : au contraire, ils les repoussent,
et ils restent pour amasser encore ! Et cependant,

lui aussi il faut qu'il y parvienne. Alors, ce n'est
pas de la fortune qu'il s'approche, ce n'est point
d'elle qu'il mendie, c'est de ceux qui l'entourent,
de ceux qu'elle a comblés! Puis, comme ils sont
exigeans, ces orgueilleux favoris, il faut leur faire
de grands sacrifices pour exciter leur compassion. Aussi, l'homme sans cœur, dans ses vils
calculs, leur fait-il l'offrande de sa liberté, de
son courage, de sa volonté, de ses opinions, de
son honneur même. Il leur fait le sacrifice de
tout cela, le lâche, quand il n'aurait qu'à les
pousser pour les écraser et prendre sa place...

Et il vit, et il est heureux! La société le méprise, mais elle le souffre au milieu d'elle!

L'autre, au caractère noble et fier, à l'âme
élevée, à construction large et profonde, car il
est doué de cette fermeté qui fait le héros, celui-là voit et songe différemment. Pour lui, la
vertu, c'est le courage; la honte, c'est la mort.
Il ne mendiera jamais des hommes, lui, car il les
méprise et se croit plus qu'eux. Il n'accusera
point la fortune; elle donne à ceux qui peuvent
l'obséder, c'est juste : mais ceux contre lesquels
il tourne sa colère, ceux qui excitent son indignation, qu'un grand caractère rend terrible,
ce sont ses semblables qui n'ont point attendu

son entrée dans la lice pour courir au but avec lui;
qui l'ont vaincu, parce qu'il n'y était pas; mais
qu'il vaincra aussi à son tour, parce qu'il a surgi...
Dans sa juste fureur, il ne s'élance point sur la
foule pour la détruire ; il périrait sans vengeance.
Mais il s'éloigne en rugissant de ce point que
tous les autres entourent; il nourrit sa rage dans
la solitude; il aiguise son poignard dans un re-
paire caché, et là il immole séparément ceux
qui reviennent chargés de butin. Tous ceux que
le sort lui envoie, il les rend responsables de ce
qu'on lui a ravi; ils indemnisent sa misère, ils
réjouissent son désespoir, assouvissent sa haine,
et expient à eux seuls la faute de tous envers lui !

Mais comme un semblable caractère, réduit
à une telle extrémité, nuit au repos de tous, tous
se réunissent pour l'accabler; tous l'immolent à
leur tour, même l'homme vil, sans cœur, qui,
s'il avait rampé comme lui, l'eût approuvé au
lieu de le maudire! Et il meurt au bruit de la
réprobation générale, tandis que, si l'on n'avait
pas aigri sa grande âme, il possédait tout pour
commander l'admiration !

Ah! que de la comparaison des lois de la nature avec les lois de la société il résulte souvent
de tristes anomalies!...

Deux Caractères.

Les rideaux étaient déjà baissés, et le salon, désert, ne recevait d'autre lueur que celle d'un feu dont les tisons, en se brisant, faisaient jaillir par intervalle une nuée d'étincelles. Ce n'était point non plus cette voluptueuse obscurité que le mystère invoque ; c'était tout le charme de cette heure qui, séparant les ennuis du jour des plaisirs bruyans de la soirée, semble être détachée de la vie commune, pour laisser aux sensations le temps de se recueillir.

C'était aussi l'heure qu'Édouard semblait, cette fois, aimer davantage ; seul, assis au coin de ce feu solitaire, les pieds étendus sur des chenets en bronze dorés, la tête appuyée sur un marbre de Paros, il aurait pu paraître un homme *sentimental* à qui n'aurait aperçu que son attitude négligée, ses grands yeux bleus et les boucles de ses cheveux blonds. Peut-être aussi, dans ce moment, était-il sous l'empire d'une tendre émotion ou d'un triste souvenir; peut-être déplorait-il les douleurs de l'absence; peut-être son imagination calculait-elle les délices d'un fortuné retour; peut-être... Ah! que le cœur cède facilement aux illusions trompeuses qui flattent ses désirs, aux réalités qui détruisent ses espérances! Avec quelle rapidité il passe de l'erreur qui lui plaît à la vérité qui le désenchante!...

Ainsi, Edouard vit se rompre le charme qui l'absorbait, lorsque l'éclatante lumière des lustres, l'arrivée bruyante de la foule, les préparatifs des plaisirs de la nuit, vinrent, en lui rappelant tous les devoirs de salon, l'obliger à reprendre tout-à-coup ce masque qu'on appelle *esprit de société*. Alors, plus de délicieux abandon, plus de regards pensifs, plus de secrets soupirs! Edouard est devenu l'*homme du monde*; son esprit aimable trouve le mot qui doit plaire à celle-ci, le regard qui doit toucher cette autre; il adresse à la sévère Anglaise quelque vertueuse maxime, à l'ardente Italienne une phrase d'amour, à la coquette Parisienne une adroite flatterie; il semble enfin ne désirer que des succès, n'aimer que la légèreté, ne chercher que

le plaisir; et si, par hasard, au milieu de ce tu-
multe d'actions et de pensées, quelques ressou-
venirs viennent troubler sa gaîté, il va les noyer
au fond d'un bol de punch, et prouve, en moins
d'un instant, par quelle métamorphose un homme
peut offrir deux caractères si différens, et faire
fléchir ainsi les inspirations de la nature devant
les conventions de la société.

Les Loges du cintre.

SCÈNE I.

(Le boulevart Saint-Martin; devant est le théâtre; à droite, tout ce que la nature parisienne offre de gracieux; à gauche, tout ce qu'une imagination féconde peut y ajouter de plus champêtre.)

(Un jeune homme et un homme jeune reculant chacun de deux pas comme deux gens fort surpris.)

— Eh! bonjour mon cher Grimard! Comment! toi à Paris!

GRIMARD. — Oh! mon Dieu oui. Je me suis dit comme ça : Je suis d'une position à tout voir, et pour lors j'ai quitté mon endroit afin d'envisager Paris.

SAINVILLE. — Ah! ah! c'est bien ça, mon garçon. Et tout Joigny se porte bien?

GRIMARD. — Mais tout Joigny en masse, oui, il ne se porte pas mal. Et, à propos, qu'est devenue madame ton épouse?

SAINVILLE. — Elle a la migraine.

GRIMARD. — C'est comme à Joigny. Dis donc, est-elle jolie, madame ton épouse?

SAINVILLE. — Comme ça.

GRIMARD. — Comment! comme ce laideron qui passe là?

SAINVILLE. — Eh! non, je te dis : Comme ça.

GRIMARD. — Ah! j'y suis : locution. Comme à Joigny.

SAINVILLE. — Où allais-tu donc ainsi?

GRIMARD — Au théâtre Saint-Martin.

SAINVILLE. — Qu'est-ce que tu vas faire là?

GRIMARD (couleur de chat effrayé). — Tiens, c'te bêtise! j'y vais pour voir le spectacle, donc; comme à Joigny.

SAINVILLE. — Ah! c'est qu'à Joigny vous allez au théâtre pour voir le spectacle.

GRIMARD (un peu remis). — Ah ça! mon ami, pourrais-tu me faire le plaisir de me dire pourquoi l'on y va, à Paris?

SAINVILLE. — Dame, cela dépend des goûts, des conditions, et de la nature des protubérances crânologiques, ce qu'il serait trop long de détailler ici.

GRIMARD. — Excuse de farceur; c'est comme à Joigny. Il y a de fameux farceurs, va, par là?

Mais alors je te demanderai pourquoi, toi, vicomte Alexandre de Sainville, tu vas au théâtre... quand tu y vas?

SAINVILLE. — Moi, mon cher, c'est pour admirer la nature environnée de tous ses charmes,
la nature prise de son seul bon côté; enfin la
nature vue par un carreau de loge.

GRIMARD. — Tiens, ce drôle de goût! Mais
tu ne dois guère bien voir le spectacle par là?

SAINVILLE. — Eh! qu'est-ce qui te parle du
spectacle? Comment! tu ne comprends pas?

GRIMARD. — Pas du tout.

SAINVILLE. — Eh bien! mon cher, apprends
donc que, pendant que quelques individus
(comme toi et ma femme de chambre, par exemple) vont au théâtre pour y trouver du plaisir dramatique, il en est d'autres qui y vont chercher
la solitude dans les cinquièmes loges, au cintre;
et tandis que ces divers motifs, agissant diversement sur les divers individus, produisent
divers résultats, moi j'établis mon domicile
dans le couloir des cinquièmes, j'observe, et
alors, tu sens bien, mon cher, que je vois de
ces choses...

GRIMARD. — Ah! tu vois de ces choses-là!...
Hi... hi... Ce doit être drôle, tout de même...

Ah ça! et l'ouvreuse, qu'est-ce qu'elle dit?

Sainville. — Rien. J'ai fait avec elle un bail de trois, six, neuf. Veux-tu en user?

Grimard (cherchant son argent dans son mouchoir). — Volontiers; d'autant plus que ça doit être bon marché, deux billets de couloir..., et du cintre, encore!

Sainville. — Laisse donc, Grimard; c'est mon affaire. Entrons.

SCÈNE II.

(Couloir des cinquièmes loges.)

Sainville (à l'ouvreuse). — Bonjour, madame Barbichon.

L'ouvreuse (souriant gracieusement comme un sanglier). — Ah! c'est M. le vicomte, que j'ai bien l'honneur d'être sa servante, ainsi qu'à monsieur, que je présuppose qu'est l'ami qu'il m'a souvent parlé que je devais m'attendre qu'incessamment qu'il l'amènerait.

Sainville. — Non, madame Barbichon, non; c'en est un autre. Et le roman, vous amuse-t-il toujours beaucoup?

L'ouvreuse. — Ah! Seigneur de Dieu! que j'crois bien qu'il est joli, M. le vicomte! J'en suis que l'brigand dit à l'époux que la jeune per-

sonne que j'vous ai dit l'autre fois qu'on prétendait qu'elle était morte, voilà qu'elle ne l'est
pas ! Cette pauvre jeunesse ! Que si c'était mademoiselle Juliette...

SAINVILLE. — Bien, bien! madame Barbichon! Voulez-vous aller lire la fin pour me la
narrer tantôt?

L'OUVREUSE. — Certainement, sauf votre respect, M. le vicomte. Mais que je n'oublie pas
que j'vous dise que vous n'alliez pas au 39, parce
qu'il est occupé; ça n'est pas pour dire, mais
que c'est des gens qui....

GRIMARD. — Suffit, l'ouvreuse, suffit... Oh!
quelle langue! C'est comme à Joigny.

Perspective générale. — L'ouvreuse se trouve nez à nez avec son
roman au moyen de ses lunettes, Sainville, nez à nez avec un carreau noir, parce qu'un chapeau est accroché devant; Grimard, nez
à nez avec une jolie femme qui est justement tournée de son côté
pendant qu'il regarde par la serrure.

SCÈNE III.

(Le foyer.)

SAINVILLE. — Ah ça! maintenant, mon cher,
pourrais-tu me dire pourquoi tu mets ton argent
dans ton mouchoir?

GRIMARD. — Parce qu'à Paris ce n'est pas comme à Joigny. A Joigny, je pourrais aller avec nonante-trois pièces de cinquante-cinq sous dans le creux de la main, sans que personne y touche; ici, m'a-t-on dit, l'on trouve toujours la main d'un autre dans son gousset, et c'est désagréable. Pour lors, vois-tu, je mets mon argent dans mon mouchoir, mon mouchoir dans mon chapeau, mon chapeau sur ma tête, et il faudrait bien que le diable s'en mêlât...

SAINVILLE. — Mais, au moins, est-il fermé à clé, ton chapeau?

GRIMARD (tirant tout-à-coup Sainville par le pan de son habit, au point de le déformer à tout jamais). — Sainville! Sainville! Dis donc, les voici! la voilà! cette petite commère qui... que... le chapeau... le couloir... tu sais bien.

SAINVILLE (avec des yeux d'apoplectique). — Quoi! est-tu sûr de ce que tu dis là?...

GRIMARD. — Ah! mon Dieu! qu'est-ce qui te prends donc? Tu cramoisis, Sainville! Est-ce que tu te trouves mal, mon ami?... Garçon! à moi, garçon!... au secours, garçon! Un flacon d'eau sucrée, et un verre de vinaigre des quatre voleurs !

(Un cri de femme se fait entendre ; tout le foyer est en combustion ; et quand, une heure après, l'ordre est enfin rétabli, Grimard ne peut plus se moucher, Grimard n'a plus d'argent pour payer le garçon, Grimard est obligé de s'en aller nu-tête, parce qu'on lui a volé son chapeau, ce qui n'empêche pas Grimard de s'écrier : C'est très-gentil, le couloir des cinquièmes !)

II.

Moeurs politiques.

UNE FAMILLE POLITIQUE.

UN COMMIS-VOYAGEUR DE LA LIBERTÉ.

TRIBULATIONS D'UN MARCHAND DE BUSTES.

Une Famille politique.

Ne me questionnez donc pas, je vous prie : on pourrait me supposer une opinion.

UN EMPLOYÉ.

De toutes les croyances religieuses et politiques, il en est une qui, sans appui de prêcheurs ni d'enseignement, réunit le plus grand nombre de partisans : c'est que, dans la vue philanthropique du bien-être général, il faut d'abord songer au sien propre, et que mieux vaut se classer parmi ceux qui peuvent distribuer le bienfait que parmi ceux qui le reçoivent.

Mais, le moyen d'accroître un bien-être en proportion d'une ambition raisonnable !

Voilà la difficulté.

Parvenir par son mérite personnel ! C'est fatigant, quand mérite il y a. Raison de plus, quand mérite il n'y a pas.

C'est ce qui explique le métier du dévouement au trône et à l'autel, profession pleine de

4

charmes, il y a quelques vingt ans, parce qu'on n'était jamais mis à l'épreuve. Une seule opinion, celle de l'obéissance passive, régnait alors et rendait l'opposition peu redoutable. Ainsi donc, faire tous les trimestres un tour à la caisse du grand livre, tous les quinze jours un bon mot au petit lever du monarque, et tous les ans une protestation d'amour et de fidélité, tel était le rôle de ces titulaires des royales faveurs qui étaient transmises de générations en générations. Car alors le dévouement aussi pouvait exploiter le privilége de l'hérédité.

Mais, hélas! depuis cet âge de rubis, de combien de difficultés et de périls n'a pas été hérissée cette branche industrielle, de toutes la plus innocente et la plus commode! Comment, au milieu des plus violentes secousses politiques, deviner l'idole future pour préparer l'encens, l'entourer assez tôt pour profiter de sa fortune, et se retirer à temps pour ne pas rouler dans sa chute.

C'est ce que comprit parfaitement le marquis de Grippard, qui, après quelque velléité de fidélité héréditaire, fut trop heureux de conserver sa tête d'ex-pensionnaire au grand livre, grâce au crédit d'un sien neveu, jacobin enragé, qu'il avait si souvent blâmé de partager les idées appelées nouvelles en 1790.

Ayant eu un arrière-grand oncle ambassadeur de France auprès du grand Turc, le marquis de Grippard s'était toujours supposé de grandes dispositions diplomatiques. Il jugea à propos de les consacrer à l'amélioration de la partie du dévouement appliqué aux circonstances difficiles.

A compter de ce jour, il étudia la révolution et la comprit. C'est qu'il n'était point aveuglé par l'esprit de parti. Il n'avait pris que celui d'exploiter toutes les circonstances possibles au profit de sa famille. Pour monopoliser le dévouement en général, il fit représenter chacune de ses nuances par un Grippard en particulier.

Il pria madame la marquise de s'arranger de façon à ne lui donner que des garçons, les filles étant peu propres à recevoir des instructions diplomatiques.

Bientôt la famille des Grippard, qui avait offert l'image si touchante d'un parfait accord au temps du grand livre, fut divisée par l'exaltation des opinions les plus contraires.

Le marquis de Grippard se fit attacher après un grand sabre et partit pour l'armée de Condé.

Son fils aîné apprit à faire de l'éloquence patriotique à la tribune des Cordeliers.

Édouard, son neveu, gagna ses épaulettes en défendant le drapeau républicain, ce qui servit de titre à la marquise, restée à Paris, pour obtenir une bourse au plus jeune de ses fils, le petit *Torquatus*.

Les victoires de l'armée de Condé furent très-rares, comme on sait, et, pour comble de malheur, le jeune Grippard ne réussit pas dans la carrière oratoire. Mais les succès d'Édouard couvrirent le déficit de cette fraction malheureuse de dévouement, et, pendant cette époque de l'exploitation en commun, tous les membres de la famille des Grippard vécurent des dépouilles de la conquête d'Italie.

Pendant ce temps, le petit Torquatus était couvé dans des sentimens de buonapartisme nerveux, et il arriva à temps pour combler, par le dévouement le plus brutal, la lacune qu'occasiona dans la famille la destitution de son cousin Édouard, impliqué dans une conspiration républicaine.

Mais le bien-être Grippard périclitait considérablement. Il fallait prendre un parti. Édouard prit la poste et du service dans l'armée russe.

Madame la marquise utilisa une protection au
ministère pour procurer des places à ceux qui
en sollicitaient ; et Grippard aîné fit des recherches historiques pour prouver clair comme le
jour la bâtardise des prétendans au trône qui
pensionnaient monsieur son père.

Décidément la fortune semblait favoriser
plus particulièrement la fraction de dévouement-
Grippard résidant à Paris, lorsque le premier
Cosaque qui galoppa dans cette superbe capitale
culbuta leurs brillantes espérances. Elles furent
relevées par Édouard le moscovite et le marquis
de Grippard, qui ramenaient triomphant le souverain légitime depuis trop long-temps en dis-
ponibilité.

Tant que vécut l'homme du destin, Torquatus ne prit aucune destination. Une forte pension secrète l'indemnisait des violentes scènes
d'ultracisme que le marquis croyait lui devoir
faire en public.

Mais une fois la gloire d'un demi-siècle re-
couverte d'un peu de terre, Torquatus se laissa
imposer le commandement d'un régiment. Son
frère répara ses anciens libelles en publiant *les
Crimes secrets de l'Ogre de Corse*. Les Grippard,
réunis par le manque de dissentions, savouraient

en famille la volupté du nouveau Grand-Livre.

La bombe de juillet vint jeter la famille politique dans la plus grande anxiété. La diplomatie
du marquis ne pouvait rien démêler de l'avenir
dans un présent si brusque. Par précaution, la
marquise fit plusieurs cocardes. Son mari se
rendit à Saint-Cloud ; Édouard commanda une
barricade populaire, et son cousin, après avoir
écrit à Torquatus de faire prendre à son régiment les couleurs tricolores, composa une ré-
futation victorieuse de la naissance du duc de
Bordeaux.

Tant d'activité caméléonnienne n'était encore
rien pour la gloire des Grippard, et, pendant
cette célèbre semaine qui vit l'antique Saint-
Germain-l'Auxerrois changé en une mairie d'ar-
rondissement, la place de cette église devint le
théâtre des prodiges du dévouement subdi-
visé.

Madame la marquise de Grippard, en grand
deuil, faisait une quête en faveur des gardes
royaux blessés pendant la cérémonie funèbre, à
laquelle assistait son époux, en habit vert-pomme
et décoré de la croix de Saint-Louis. Mais bientôt il fut saisi au collet par un garde national.
C'était Édouard, qui conduisit son oncle en lieu

de sûreté, pendant que Grippard l'aîné excitait la population à jeter les prêtres à l'eau.

Aujourd'hui, la famille politique n'est pas assez nombreuse pour fournir des dévouemens à toutes les prétentions de l'époque. Grippard aîné est préfet et Philippiste ; Torquatus est colonel, criblé de décorations et Reichdatiste ; Édouard est républicain hydrophobe, et M. le marquis est Carliste. Il vient de partir pour Holy-Rood. Aussi, dans ses prévisions diplomatiques, il a prié son épouse de s'arranger de façon à lui envoyer avant peu un petit Grippard, qui, élevé près du duc de Bordeaux, fera dans quinze ans un puissant Henri-Quintiste, capable de soutenir alors l'honneur de la famille.

Un Commis-Voyageur de la Liberté.

Voilà où conduisent les passions et les pommes
de terre! deux sortes d'herbes qui embarrassent
beaucoup nos Catons économiques.

D. Juan. — LORD BYRON.

Midi trois quarts sonnaient à l'horloge de
l'Hôtel-de-Ville.

— « Allons, se dit le commis-voyageur, à
l'âme noble et aux sentimens généreux, — toutes choses fort inutiles pour le commerce des vins
ou des soieries, — allons faire la place pour le
compte de la liberté! L'échantillon est rare; il
n'en est que plus précieux. Le chaland est timide; mais il finira par se laisser séduire. Il est
vrai, pensa-t-il, que la contrebande deviendra
nécessaire, et que le douanier, animal naturellement féroce, rendra la violence indispensable... Eh bien, on mettra le douanier à la raison; — ou à la retraite; — et tout sera dit.

« En avant! »

Il se défit de tous ses matériaux de séduction vulgaire, au profit de la nouvelle maîtresse qu'il venait de choisir, puis s'embarqua pour les États-Unis avec l'expédition Lafayette.

Dire tous les pays que parcourut notre commis-voyageur, partout offrant son échantillon, que partout il appuyait de sa parole convaincante ou de son geste persuasif, suivant les circonstances ou les localités, ce serait chose difficile et tant soit peu monotone. Mais un état consciencieux, qu'il a dressé lui-même, de ses *profits* et *pertes*, pendant cette période de son existence commerciale, donne la mesure des travaux de cet amant herculéen de la liberté.

Au siége de Torstown, aux Etats-Unis.

PERTE : Une jambe très-bien faite.

PROFIT : Un coup de baïonnette dans l'estomac.

A la prise de la Bastille, à Paris.

PERTE : Un œil crevé par la pique d'un patriote maladroit.

PROFIT : Un coup de sabre au travers du visage.

A la bataille de Jemmapes.

PERTE : La moustache droite emportée par un boulet.

PROFIT : Un fusil d'honneur.

Guerre de l'Indépendance américaine.

PERTE : Un bras.

PROFIT : Une ruade lancée par le cheval du général Bolivar.

En Espagne : Conspiration en faveur de la Constitution.

PERTE : 5,000 francs d'économies.

PROFIT : Trois années de cachot.

En juillet 1830 : Pour avoir regardé si on prenait le Louvre aussi bien que, jadis, la Bastille.

PERTE : Le nez abattu d'un coup de pistolet.

PROFIT : Paroles affables de la reine des Français.

A Anvers.

PERTE : Trois côtes enfoncées par un éclat de bombe.

Profit : Licenciement du bataillon parisien.

Dernièrement, l'infatigable commis-voyageur de la liberté, voulant réparer, pour sa part, la paralysie philanthropique de M. Sébastiani, s'est rendu au comité polonais pour offrir à la cause sa bonne jambe, son œil gauche et son bras droit.

Mais on lui a répondu que, dans la crainte que son individu mutilé ne fût confisqué par la Prusse, la cause se contenterait d'un léger don pécuniaire.

Notre moitié de patriote s'empressa de donner à l'instant un écu, enchanté qu'on soit parvenu à faire du patriotisme par souscription.

Aussi, à chaque nouvelle d'une insurrection étrangère, il rit de son bon œil, danse sur sa bonne jambe, applaudit de son bras droit, et retire un écu de son héritage patrimonial.

Tribulations d'un Marchand de Bustes.

Il se trouvait, par une belle matinée de 1793, à l'âge de 19 ans, tourmenté de cette ambition juvénile qui fait entrevoir la fortune dans la carrière qu'on va entreprendre. Reste le choix.

Doué d'une âme honnêtement passionnée, il aurait bien envié les gloires de la tribune ; mais les plus belles paroles compromettaient tou jours la tête qui les concevait, et comme il n'aurait voulu dire que de fort belles choses, il renonça à la tribune et à la gloire sans tête.

Un jour, à la lecture d'un bulletin de l'armée, il lui avait pris la noble envie de se précipiter dans les camps, pour faire profiter son pays de ses connaissances distinguées en stratégie ; mais, ayant réfléchi qu'une balle avait le temps de l'atteindre dix fois dans les rangs de l'obéissance passive, avant qu'il pût faire tuer les autres par nouveaux principes, il chercha une profession où l'on débutât par l'indépendance, et il pensa aux arts libéraux.

D'abord, la peinture s'offrit à son esprit avec ses hasards laborieux et ses épreuves aventureuses; mais, comme nous avons dit que cet esprit n'était qu'honnêtement passionné, il s'effraya des charmes d'une profession féconde en écueils moraux, et il préféra la sculpture. Une statue, c'est l'image de la nature, moins la couleur; cela convenait déjà mieux au penchant circonspect de l'imagination très-peu brûlante de notre hermaphros moral; il voulut rapprocher encore davantage l'art prestigieux du statuaire du beau idéal de la réalité; et, coupant la nature par plus de la moitié, il consacra ses facultés éloquentes, stratégiques et candides à la profession simplement honnête de — marchand de bustes.

Vivre au milieu des grands hommes d'après la bosse, de l'immortalité en plâtre, des illustrations passées au moule, se confondre avec elles et regarder le tout comme son propre ouvrage, tels sont les délices ordinaires aux marchands de bustes : le nôtre ouvrit donc boutique et retroussa ses manches.

D'abord, il accoucha d'une physionomie su-

perbe d'horreur : front bas et ignoble, favoris
épais et criminels, yeux plus grands qu'une
bouche déjà énorme, au bas de cela *Robes-*
pierre, en grosses lettres, et la boutique fut
bientôt remplie d'une foule de ces chefs-d'œuvre, avenir de fortune et de gloire.

Mais un matin le marchand de bustes vit entrer chez lui un individu élégamment poudré,
mis avec recherche, à l'œil perçant et à figure
de chat. Vite, le chef-d'œuvre lui fut offert.
Alors l'inconnu, fixant le marchand d'un regard
diabolique, lui demanda en grinçant s'il était
las de vivre et s'il voulait être brisé comme son
œuvre, qu'il broya en effet d'un superbe geste
de fureur : c'était M. de Robespierre en personne. Le pauvre marchand de bustes préféra
briser lui-même tout ce que contenait son magasin, plutôt que de contrarier le moins du
monde le susceptible héros de l'échafaud.

Il y aurait eu gros à gagner à faire le buste
de certaines dames de l'époque, qui, mises à la
mode par MM. Barras et autres voluptueux
républicains, auraient pu être tirées à nombreux exemplaires ; mais notre marchand, qui
ne voulait tenir la fortune que d'une source
pure et limpide, n'en fit rien. Admirateur

d'une grande réputation militaire qui s'établis-
sait alors, il résolut de la couler; lui trouvant,
du reste, une physionomie fort propre à cela.
Le buste de Moreau décora donc bientôt sa
boutique. Mais, à peu de jours de là, arrivèrent
de bruyans aides-de-camp, qui, au nom de la
république et de la liberté, donnèrent de grands
coups de plats de sabre sur la tête du héros et
sur les doigts de son admirateur, traitant ce
dernier d'ennemi du général Bonaparte, et le
forçant à leur promettre le buste de ce grand
homme, sous peine d'être transpercé.

Contrarié dans ses goûts, mais trop bon citoyen pour n'avoir pas peur des coups de sabre,
notre homme courut pendant plusieurs jours
après la nouvelle figure historique. L'ayant enfin rencontrée, il ne trouva que l'œil de bien
dans toute cette physionomie pâle et déjà usée
par la pensée. Un œil seulement pour faire un
buste, c'est peu; aussi le marchand ajouta-t-il
dans l'intérêt de l'art quelques accessoires qui
rendaient, sinon le portrait plus ressemblant,
au moins fort nécessaire l'inscription indica-
tive qui le décorait.

Malgré l'assurance des aides-de-camp et le
parfait tranchant de leurs épées, le buste se

vendit peu, quoique sur l'inscription le marchand ajoutât tous les quinze jours un nouveau titre, ou une nouvelle victoire. C'est que l'admiration des peuples reste béante pendant toute la durée de gloire, et ne devient expansive que quand cette gloire est ratifiée par un brevet de mort ou d'adversité. Le marchand de bustes attendit donc, avec une patience de quinze ans, que sonnât pour lui l'heure de la fortune et de l'illustration, augmentant toujours son inscription, et élargissant un peu son buste quand la gloire de l'époque engraissait par trop.

Cette heure tant désirée, le marchand crut enfin l'entendre à la restauration, qui arrivait en calèche, suivie de figures aussi hétérogènes qu'inconnues. Et, pour la première fois, il gémit de ne s'être adonné seulement qu'à la reproduction de la gloire en buste, quand il aperçut les énormes guêtres en velours paternel qui ouvraient la marche d'un aussi beau règne.

Dans son enthousiasme restaurateur, il aurait voulu pouvoir transformer en héros de plâtre jusqu'au dernier goujat des armées coalisées ; mais, obligé de renoncer à ce beau projet de centralisation glorieuse, vu la quantité, il se résigna à ne jeter au moule que les physionomies de qualité, et son magasin fut bientôt garni des bustes de toutes les majestés européennes.

Vu l'étrangeté du patriotisme de l'époque, ce n'était peut-être pas un mauvais moyen de fortune et de réputation qu'avait choisi là notre marchand de bustes. C'est ce qu'empêcha de savoir au juste l'arrivée inattendue des guerriers de Grenoble, qui, confondant l'une et l'autre avec les portraits, objets de leur fureur, réduisirent le tout en poudre.

Accablé des coups du sort, toujours meurtriers pour son présent de plâtre et son avenir de gloire, le marchand de bustes commençait à être désolé des douceurs de sa profession, quand le triomphe du Trocadéro vint le rendre aux charmes de l'espérance. Ayant écrit : *Le vainqueur des Espagnes* au bas de l'ancien buste d'un jeune officier beau comme un amour, le vertueux comte d'Artois envoya la croix d'honneur à l'artiste distingué qui avait su reproduire, d'une manière si heureuse, les traits de son auguste fils, monseigneur le duc d'Angoulême, si joli garçon comme on sait.

Par reconnaissance de la gloire en ruban rouge, et par désir d'une fortune quelconque,

5

n'importe la couleur, le marchand s'empressa
de mouler plus tard le portrait du monarque
Charles X. Depuis, la révolution de juillet est
venue le convaincre de la fragilité des calculs
humains, chose qu'il croyait savoir déjà, mais
dont le convainquit encore davantage l'empressement du peuple à faire une Saint-Barthélemy
de ses bustes parjures.

Aujourd'hui, le marchand de bustes approche
de la soixantaine. Après trente-huit ans de lon-
ganimité et d'héroïsme pour une profession
qu'il aima, il ne juge point à propos d'en changer ; mais l'âme vide d'enthousiasme, parce
qu'elle est pleine d'une douloureuse expérience,
ce n'est que d'une main tremblante que, toujours à l'affût de la circonstance, il vient de
ressaisir le moule pour couler Philippe Ier. Justement, ce dernier buste est un chef-d'œuvre
de belle stature et de mâles proportions : aussi,
au moindre bruit, le marchand ferme-t-il religieusement son magasin ; car si, par hasard,
le buste du roi-citoyen ne réalisait point enfin
l'espoir d'une fortune long-temps provoquée, il
serait au moins la consolation de toute une vie
de débris de pièces et de morceaux.

III.

Battemens de coeur.

Une Passion au Collège.

Ce qu'on appelle nos beaux jours
N'est qu'un éclair brillant dans une nuit d'orage;
Et rien, excepté nos amours,
N'y mérite un regret du sage.

LAMARTINE.

Il me semble encore la voir avec sa taille on-
duleuse, ses toilettes toujours si pleines de goût,
et ce pied élégant dont j'étudiais avec volupté
l'étroite empreinte sur le sable de nos cours.

Il me semble encore là voir apparaissant au
milieu de nous, indifférente aux autres, mais
comme une divinité pour moi. Car, si elle venait
voir son fils, mon camarade Hector, toujours
elle s'informait de moi, partageait entre nous
deux les approvisionnemens qu'elle lui apportait,
me faisait sortir avec lui; enfin m'associait à
tous ses plaisirs, ayant compassion de l'isolement où me laissait une famille éloignée.

Aussi quelle brûlante reconnaissance excitaient en moi les soins de la jeune veuve aux contours gracieux! Ce n'était pas de la tendresse comme pour une mère, de l'amitié comme pour une sœur; c'était un sentiment tout autre, vague, inconnu pour moi, terrible pour mon âme qu'il brisait. C'est l'enfer du cœur qu'une passion qui l'agite, le parcourt et le broie, toujours expirante sur les lèvres qui pourraient le soulager. Jugez de mon tourment, à moi, qui de l'amour ignorais jusqu'au langage, qui d'un cœur de femme ne connaissais encore que la toilette et le joli pied de mon idole! à moi, qui, par-dessus tout cela, n'avais qu'une apparence chétive et cet âge de quinze ans, où l'on ne suppose à l'âme que l'instinct de la nullité, quand elle est souvent le vestibule de toutes les passions.

Je me souviens qu'alors une jalouse rage m'animait contre ces hommes du monde, vétérans de la séduction, qui, habitués à manier la louange, prodiguaient leurs fadeurs à la jeune veuve, quand moi, qui aurais voulu tant lui dire, je ne pouvais rien exprimer.

Que de fois, dans la fougue de la solitude, où j'allais crier son nom, je formai le projet de lui tout avouer; puis, ne sachant que lui apprendre,

au moins lui raconter mes souffrances. Mais,
quand je la voyais, quand je rencontrais ses
beaux yeux, aussi bienveillans pour moi que pour
Hector, alors le calme du bonheur succédait à
l'agitation, et le trouble, la confusion me faisaient oublier le tourment qui bientôt devait
recommencer à me déchirer. -

Un soir, après tout un jour délicieux, puisque
je l'avais passé à la contempler, Clémence, dans
sa bonté ingénieuse pour nos plaisirs, nous mena
Hector et moi à Tivoli; et puis, comme la fête
s'était prolongée bien après l'heure du collége,
il fut décidé que nous n'y rentrerions que le
lendemain matin. J'allais donc habiter toute une
nuit sous le même toit qu'elle, près du lieu où
elle reposait! Nuit capricieuse et pleine de suavité! nuit dont ne peut jouir qu'une fois l'homme-
enfant assez heureux pour la rencontrer dans
la vie !

La journée avait été brûlante, et, dans l'em-
brasement de mon cerveau, je passai la plus
grande partie de la nuit à humer l'air rafraîchi,
à étudier le bruit du sommeil lointain de Clémence, à caresser les idées inconnues qui entre-
tenaient mon délire.

Cependant, accablé par tant d'émotions, je

finis par succomber au charme d'une illusion douce, et je m'endormis en pensant à Clémence. Un voile s'était déchiré devant mes yeux; je voyais en elle comme un nouvel être. Aimante, elle m'abandonnait ses longues tresses de cheveux noirs; enfin, agitée des mêmes tourmens que moi, sa main n'échappait plus à la mienne, son regard répondait au mien, son toucher délicieux m'apportait le frémissement du bonheur.

— Mais ce n'est point un songe! la voilà bien! C'est elle qui, séduisante de grâce et de beauté, est là, inquiète, penchée sur mon chevet..... C'est bien cette voix qui fait vibrer mon cœur.

— Édouard, me dit-elle; mais qu'avez-vous donc, mon ami; pourquoi ce délire, pourquoi ces cris où est entremêlé mon nom? Que me voulez-vous? Seriez-vous souffrant? — Quoi! j'ai dit votre nom! mon sommeil a révélé mon secret? Ah! pardonnez, madame; ou plutôt plaignez les souffrances que vous me causez. — Comment! que dites-vous! Mais rappelez donc vos sens, Édouard, calmez cette agitation qui m'effraie. — Elle ne me quitte jamais. — Une fièvre ardente vous agite en ce moment. — C'est toujours ainsi, madame, quand je pense à vous.

— Édouard, Édouard, chassez, vous dis-je, les

dernières idées d'un songe agité... pour vous
rappeler le respect... Mais qu'entends-je?.....
Oh! mon Dieu! nous sommes surpris!..-.Édouard!
Édouard! malheureux enfant!... et elle tomba
évanouie dans le cabinet de mon alcôve.

Cette violente scène fut un éclair qui me
grandit à mes propres yeux, et me vieillit
tout-à-coup de plusieurs années d'expérience.
J'avais compris l'amour avant de le savoir, je
voulais débuter convenablement. — Bonjour,
Hector, dis-je avec le sang-froid le plus risible-
ment étudié, car c'était lui qui venait m'éveil-
ler pour nous rendre au collége. Comment,
ajoutai-je, est-ce que nous allons partir tout de
suite!... — A présent même, il le faut, l'heure
avance, autrement nous serions en retenue à la
prochaine sortie. Je ne dirai pas même adieu à maman de peur de nous retarder; ainsi vois. — A ta
maman! Ah, oui... tu as raison, il ne faut point
troubler son sommeil; partons Et, promptement habillé, je quittai la maison de Clémence,
sans pouvoir lui dire adieu, sans savoir même
si elle était revenue de son évanouissement.

Arrivé au collége, je recueillis toutes les nouvelles idées, j'étudiai toutes les sensations qui
surgissaient en moi, pour écrire à celle qui en

était la cause, et j'attendis avec une incroyable anxiété le dimanche suivant, qu'un vague pressentiment me faisait entrevoir comme un jour de félicité. Enfin arriva le terme de cette semaine, la plus longue de ma vie, où, en proie au délire d'une imagination aride et ignorante, dévoré d'un secret que je ne voulais point partager, je passai les jours et les nuits essayant de pénétrer un mystère que j'ignorais toujours davantage. Ivre de bonheur, je cours chez Clémence...

Elle était partie pour les eaux.

Et on ne la vit point à la Fête,

.... *And biholding this,*
Their lips drew near, and clung into a kiss.
BYRON.

. . . . Et se regardant ainsi,
Leurs lèvres se rapprochèrent et s'unirent dans un baiser.

« Oh! prends pitié de ma jeune existence, ré-
pétait-il, en baisant les longues tresses de cheveux
qu'Odyle livrait avec un folâtre abandon. A toi
seul appartient le charme qui peut me rattacher
à la vie. Tu sais par quelle triste prévision mon
âme, pénétrant son avenir, m'apprit que je ne
verrais point la fin de ma vingtième année : et
pourtant, Odyle, une de tes caresses arrêterait
la mort! Pose ta main sur mon front, enlace tes
doigts dans les boucles de mes cheveux, penche
ta tête sur mon sein, regarde-moi et souris... et
je ne pourrai plus mourir... Mais la prudente
coquette ne voulait pas comprendre. Au langage
du désir elle opposait les traits de la gaîté, et

une fois encore elle évitait de succomber, par un
léger badinage, ou une gracieuse rigueur.

» Si tu savais comme tu es belle quand tes accens s'animent pour exprimer une élégante poésie! comme ton regard est enchanteur lorsqu'il
s'élève pour contempler quelque riant nuage!
ou quelle séduction t'environne, lorsque tes lèvres s'entr'ouvent pour un sourire à l'enfant qui
t'implore! Mais si tu savais combien plus belle
encore tu parais, lorsque douce et troublée, tu
laisses à tes côtés parler d'amour et de bonheur, et
que ton sein s'agite et que ton front se colore, et
que tes yeux si vifs se baissent avec langueur!... »
Mais l'adroite coquette pressentait trop la puissance d'une amoureuse flatterie, et, prêtant
à sa sévérité tous les charmes de son esprit, elle
savait résister à la vanité, en même temps
qu'elle ajoutait aux grâces de l'amour.

«Hé bien! sois heureuse et brillante dans cette
fête où mille amans te désirent. Va leur montrer
ta physionomie, qui jamais ne parut si jolie,
et ta tournure pleine de grâces, et ta guirlande
de roses, dont une feuille peut-être s'échappera
jusqu'à moi. Va, je ne te suivrai point d'un
souvenir jaloux. Mais un instant encore avant
de te quitter? Donne-moi un sourire encore

plus charmant que tous tes sourires, un regard
de compassion que je prendrai peut-être pour
un regard d'amour, un baiser pour mille larmes... »

Et prête à fuir, sage et heureuse encore,
Odyle veut, par coquetterie, accorder un baiser
léger comme l'espérance. Mais des larmes brûlantes sont tombées sur ses lèvres. Une entraî-
nante pitié a fait vibrer son cœur. Elle détache
sa guirlande de roses...

« Édouard!... » Dit-elle....

Et on ne la vit point à la fête.

———•◦•———

Un Lendemain.

Enfin, ma chère Éléonore,
Tu l'as connu ce péché si charmant,
Que tu craignais, même en le désirant ;
En le goûtant, que tu craignais encore.

PARNY.

Dominés puissamment dès l'enfance par cette mutuelle affection qui est déjà la naïveté de l'amour, puis séparés par les événemens tumultueux d'une vie diversement heurtée, ils se trouvaient réunis par le hasard.

Lui — palpitant d'espoir devant l'avenir.

Elle — le trouble dans l'âme aux souvenirs du passé.

Aussi, confiante dans le compagnon de ses jeunes jours, elle n'implorait de lui que pitié pour sa nouvelle existence d'épouse, de mère, quand, au langage de l'amitié, il faisait succéder celui de la passion.

Alors, lui, cherchant dans son cœur généreux le moyen de rassurer une âme timidement aimante, il ne balançait pas à offrir le sacrifice de sa vie pour un seul instant de mystérieux bonheur.

— « Un seul ! disait-il, l'œil suppliant, puis après... le secret enfoui sous la pierre muette ! »

Et, elle, dans son incrédulité de jeune femme, elle souriait à ces protestations du délire. Elle souriait à son ami, mais elle repoussait toujours son amant.

Ils étaient donc là seuls. — Seuls comme on est pour distiller le bonheur; comme on cherche à l'être quand on ne fait que l'espérer.

Pour échapper l'un à l'autre, tout en étant ensemble, elle lui avait demandé de lire. — Car pendant ce temps au moins, elle pouvait le regarder sans craindre ses regards, entendre sa voix sans y répondre, jouir de sa présence, qu'elle aimait tant, sans avoir à la redouter. Puis son imagination la faisant heureuse, ses yeux cherchèrent comme un présage, dans l'extrémité sombre de son appartement que la lampe n'éclairait pas. Ses pensées s'y réfugièrent comme dans un rêve. Elle écouta l'avenir...

Il lui semblait y voir des ombres caressantes...

comme des songes voluptueux, d'illusions, de
bonheur pour plusieurs vies... Mais, à travers
ces nuages, dans le coin tout-à-fait... c'était un
point si incertain, si noir, qu'elle y voyait une
figure lugubre, hideuse... Et pour calmer l'effroi qu'elle-même se créait, elle regarda son
ami et lui rendit son attention.

Arrivé au récit de Françoise de Rimini, lui,
plein de trouble, lisait en ce moment avec une
chaleureuse ardeur; car, sur ce passage il basait
un vague espoir.

> Un jour que nous lisions l'amoureuse aventure
> De Lancelot, souvent, pendant cette lecture
> Qui nous charmait tous deux de la même façon,
> (Nous étions seuls alors et sans aucun soupçon)
> Souvent, sans y penser, nos yeux se rencontrèrent,
> Et notre front pâlit et nos voix se troublèrent!
> Mais un passage enfin dans ce livre si doux
> Décida notre sort et triompha de nous.
> Quand nous vîmes l'amant de Genèvre en délire,
> Imprimer un baiser sur son divin sourire,
> Lui, que rien ne pourra me ravir à présent,
> Baisa ma bouche aussi, brûlant et frémissant.
> ..... Et nous ne lûmes pas ce jour-là davantage.

. . . .

Le lendemain, il était nuit partout, — mais
nuit sombre et bien noire. L'éclair qui sillon-

nait la nue montrait tout l'horrible de la nature
dans ses caprices furieux , et semblable à la mer
houleuse qui enveloppe de ses mugissemens les
chants insoucians du riverain , le tonnerre écra-
sait l'harmonie légère au bruit de laquelle se
balançait toute une foule heureuse de plaisirs et
de fête.

— Quel étrange orchestre vient contrarier le
nôtre ! — Si Gustave était ici, il improviserait
des stances sur ce majestueux bacchanal. —
Gustave!... comment?... ignorerais-tu ? — Quoi
donc ? — Ce matin il s'est brûlé la cervelle. —
Bah! et pourquoi? — On ne sait. — Fâcheux.
C'était un charmant garçon. — Je ne conçois pas
qu'on puisse se brûler la cervelle aujourd'hui ,
au milieu d'événemens si dramatiques sans en
attendre le dénouement. Dans six mois , je ne dis
pas; mais aujourd'hui, c'est une folie, parole
d'honneur ! — Mademoiselle, me permettrez-
vous d'être votre cavalier pour la prochaine? —
Monsieur, je suis engagée pour les onze premières; à la douzième , ce sera avec le plus grand
plaisir. — Trop heureux.

Et, bien loin de là , dans une chambre qu'é-
clairait douteusement une pâle lumière, était

6

une jeune femme, seule avec ses larmes. — Elle
leva les yeux vers l'espace sombre. . . : l'image du
bonheur avait disparu. Il ne restait plus que la
figure sinistre, la figure lugubre, — mais plus
hideuse encore, car elle grinçait un affreux
rire. . .

Ruse de Guerre.

— Quel est l'argument le plus péremptoire?
— Le rapprochement d'une cervelle et d'une balle de plomb.

JACK LE DÉTERMINÉ.

L'amour est une petite guerre. — On le pensait déjà avant le déluge et on l'a dit quelque temps après; ainsi tout le monde doit le savoir; mais chacun comprend différemment la guerre; et, en amour, le houssard, intrépide par nature comme par état, passe généralement pour être plus favorisé, comme étant plus habile. Le fait est que les moyens de succès l'inquiètent peu; ainsi, trop heureuse la conquête d'un houssard, si son galant vainqueur n'arrive pas à cheval, au moins jusque dans la salle à manger; s'il ne la réveille pas à l'heure militaire, en faisant exécuter par son trompette une bruyante fanfare dans sa chambre à coucher, ou si enfin le susdit

vainqueur n'invente pas quelque autre gentillesse du même calibre.

Voici l'heureux expédient récemment imaginé
par un officier de ce corps, qui, en vrai Français, avait pris pour devise : *Vaincre ou mourir!*
et qui, comme on va voir, mourut d'abord,
puis vainquit ensuite.

Depuis peu, le régiment de Victor (c'est le
nom de l'intéressant jeune homme) venait de
prendre garnison à Paris, lorsque, dans un bal,
il rencontra la jolie madame de B..., avec
laquelle il avait passé une intime enfance,
mais qu'il n'avait jamais revue, toujours séparé d'elle depuis. — Bientôt la connaissance
fut renouée, et comme l'uniforme de houssard paraissait amuser infiniment le petit enfant de M. de B..., Victor venait souvent voir
Madame, et chaque fois en grande tenue. Avec
son caractère belliqueux, la paix ne pouvait
être de longue durée entre le houssard et la
charmante amie de son enfance : en effet, la
guerre éclata...

Encore franche comme aux jours de commune
vie, madame de B... savait mal se défendre; mais
elle ne s'appartenait plus... elle était femme,
elle était mère, et dans ces retours d'abandon, où

les souvenirs d'amitié avaient à répondre aux désirs de la séduction, une crainte plus forte que
tous les devoirs, que toutes les autres craintes,
semblait surtout la retenir : c'était de voir son
repos à jamais troublé par l'idée qu'il dépen-
drait d'une imprudence, d'une indiscrétion,
d'une bizarrerie du sort...

Toujours prompt à découvrir un remède,
Victor le houssard proposait de se casser la cervelle au commandement, pour calmer toutes
frayeurs; puis comme on trouvait le remède pire
que le mal, Victor voulait se la casser tout de
suite.

« C'est sentimental, mais ce n'est pas gai,
dit-il enfin un soir en coiffant son colbach d'un
air sinistre. » — Puis il sortit en jurant par son
grand sabre, qu'il brûlerait sa malheureuse
cervelle avant qu'il fût seulement vingt-quatre
heures.

Or, voici comment il procéda à cette cérémonie.

Ayant remarqué chez madame de B... un petit
journal qui ne compte guère que quarante-neuf
abonnés et demi, parce que ceux au-dessous de
sept ans ne paient que moitié prix, Victor se dirige de très-grand matin chez son rédacteur. In-

troduit auprès de l'aristarque, qui était encore
au lit, Victor le salue, et, sans plus de préambule,
pose sur la table de nuit deux pistolets parfaitement nettoyés, et à côté deux pièces de 30 sous,
à beaucoup près moins brillantes. Ensuite il approche gravement une chaise, s'assied et s'ex-
prime ainsi :

« Monsieur le directeur, je suis épris de
la plus belle personne du monde, et, pour être
un houssard fort heureux, il ne manque que
deux lignes de cinquante-cinq lettres dans votre
estimable journal. Si vous voulez bien me les
consacrer, en voilà le prix, tarif du *Constitutionnel*, sinon, j'aurai l'honneur de vous pro-
poser une partie de casse-tête, à pied ou à cheval, à jeun ou après déjeuner, tout comme il
vous plaira.

» — Eh quoi ! Monsieur, s'écrie le journaliste
un peu remis, j'irai me faire casser la tête par
quelqu'un qui en possède une aussi bien orga-
nisée que la vôtre, plutôt que de lui rendre un
service ! Ah ! désabusez-vous, je vous prie, et
croyez que je m'estime trop heureux de pouvoir
être utile à un galant homme. Où est la note en
question ?

» — Monsieur le directeur, voici la note en

question; c'est tout simplement un petit fait in-
signifiant, comme vous en insérez tous les jours :

» *Hier matin, M. le baron Victor de L..., lieu-
tenant des houssards de la garde, s'est brûlé la
cervelle. On attribue ce suicide à un désespoir
amoureux.* »

Le lendemain matin, comme vous et moi,
l'infortunée madame de B... lut la fatale nouvelle dans le petit journal ; mais si elle nous était
parfaitement égale à nous, qu'on juge des regrets de celle qui avait causé le trépas de Victor ! Désormais, plus de repos... Tout le jour
avait été passé dans les sanglots, dans les larmes ; et bien avant dans la nuit, elle fixait encore, immobile, la place où naguère il lui demandait à vivre ! Par un nouveau mouvement
de poignante douleur, elle venait, pour la cen-
tième fois peut-être, de presser son mouchoir
contre ses paupières humides, lorsqu'en levant
les yeux, elle aperçoit à ses genoux, devant elle...
Qui ? — Le coupable Victor, qui, muet et suppliant, semblait demander s'il lui fallait vraiment mourir. . . . .

. . . .

Et comme plusieurs journaux s'empressèrent
de répéter gratis les deux lignes à 30 sous pièce,

bientôt tous les parens du houssard se rendirent
à Paris, les uns pour le pleurer, les autres pour
recueillir ses riches dépouilles : mais tous également
ment trouvèrent mine brillante et joyeuse au
suicidé, qui, au risque de faire mourir de chagrin sa respectable famille, s'applaudissait beaucoup de ce qu'il appelait tout simplement une
ruse de guerre.

Souvenir.

VOUS.

Ce jour-là j'avais quinze ans.

On riait, on dansait autour de moi; on célébrait mon anniversaire par une fête charmante: mère, parens, amis, tous m'apportaient un aimable tribut de tendresse et d'espérance. Il semblait qu'on voulût me récompenser d'avoir quinze ans et une figure jolie.

On avait couronné mon jeune front d'une guirlande de bleuets; chacun m'offrait des corbeilles et des bouquets de roses : une seule fleur pourtant fut attachée à ma ceinture et portée sur mon cœur; personne ne sut deviner pourquoi, on ne connut point celui qui me l'avait donnée... *C'était vous.*

Jamais réunion n'avait paru plus splendide, plus animée; jamais je n'avais été plus coquette, plus légère, plus élégante. Entourée d'un cercle d'hommes brillans et spirituels, j'employais adroitement mille ruses d'esprit pour plaire aux uns sans désobliger les autres, pour flatter l'amour-propre sans encourager les prétentions, pour distribuer, en quelque sorte, mon amabilité en parts égales, lorsque tout-à-coup je cessai d'être coquette, ne cherchai plus de succès, n'écoutai plus de flatterie, et ne trouvai plus de bonheur à ne m'occuper que d'un seul... *C'était vous.*

Je venais d'être frappée par la première peine de ma vie; j'avais besoin de répandre des larmes, d'inspirer la compassion. Je cherchais un mot, un regard qui me donnât du courage; je demandais que l'on m'apprît à supporter la douleur, ou que l'on m'aidât à renoncer à une existence où je sentais que j'étais seule... Mais une main vint prendre ma main, une voix vint pénétrer mon âme, elle me fit connaître tout ce que la pitié peut apporter d'intérêt et de charme dans un cœur faible et souffrant. — Et je compris

qu'il était arrivé celui qui pouvait me consoler...
C'était vous.

TOI.

Il ne m'eût point paru si beau le ciel dans
cette douce soirée d'automne, si je m'étais trou-
vée seule au milieu de ces bosquets solitaires;
tant de séductions n'eussent pas fait battre mon
cœur, tant de délices n'eussent pas troublé mon
imagination, si d'autres pas ne se fussent attachés à mes pas, si un souffle n'eût répondu à
mon souffle, si un être n'y fût point venu chercher ma destinée, s'il ne m'eût point parlé d'a-
mitié, de bonheur, de souffrance et d'amour....
C'était toi.

LUI.

Et lorsque dans des jours de tristesse et d'ennui, je retrace ce qui m'a charmé sur la terre;
lorsque je veux rappeler ce qui a le plus tendrement captivé mon âme, m'a fait sentir les plus
douces émotions, les plus brûlans désirs et les
plus longs bonheurs; puis ce qui a le plus brisé
mes espérances, ce qui m'a fait connaître toutes
les angoisses de la jalousie, le désespoir de l'in-
constance et la mort de l'oubli, — il me faut souvenir que... *c'était lui.*

Une Aventure au Bal de l'Opéra.

Il est trois heures du matin, Derville vient de
rentrer chez lui, où son ami, son compagnon
d'existence, Valbelle, est resté, préférant son
coin du feu au bruit du bal de l'Opéra. Derville
lui raconte avec empressement toutes les aventures de sa nuit : « Je ne prétendrai pas, lui
dit-il, que toute ma soirée ait été amusante;
j'ai trouvé bien des masques insipides, j'ai re-
connu bien des femmes à qui leur domino ne
pouvait donner l'esprit qu'elles n'auront jamais,
bien des jeunes gens grivois dans leurs propos,
et croyant qu'ils étaient agréables parce qu'ils se
montraient impertinens; mais j'ai fait en même
temps la rencontre la plus heureuse, une petite
femme charmante, avec laquelle je me suis pro-
mené pendant deux heures. Tu n'as jamais rien
entendu de plus piquant que sa conversation :
que de mots spirituels! que de saillies! quelle

imagination brillante! Pour le coup, je ne dirai plus qu'on ne peut trouver d'aimables conquêtes à l'Opéra. — Que tu es prompt à t'en-
flammer; n'est-ce pas quelque vieille coquette
émérite qui, profitant du masque... — Vieille!
elle n'a pas vingt ans. — Tu as donc pu l'apercevoir? — Non, mais un organe d'une fraîcheur,
une voix ravissante, de ces voix qui vont à l'à-
me! — Rappelle-toi l'aventure de Rousseau, qui
s'était épris pour des femmes qu'il avait entendu
chanter, et qui étaient plus laides que le péché.
— Ah! mon ami, une pareille femme peut-elle
n'être pas jolie? La nature se serait trompée, si,
avec tant de grâces et d'esprit, elle ne lui avait
pas donné la beauté : d'ailleurs, n'ai-je pas
aperçu une taille délicieuse, un petit pied à faire
mourir d'amour? »

Valbelle sourit : bientôt les deux amis furent
plongés dans le sommeil. Les rêves de Derville
furent enchanteurs. Il ne cessait de voir sa séduisante inconnue; elle se laissait serrer la main;
elle paraissait l'écouter avec plaisir ; il put même
obtenir qu'elle détachât son masque, et le plus
joli visage vérifia les espérances de sa passion.

Les bals de l'Opéra n'étaient pas encore arrivés à leur terme. Derville y retourna. Il avait

remarqué avec soin les moindres accessoires du
costume qui cachait à ses yeux celle qui lui avait
causé une si vive impression. Il la chercha long-
temps en vain. Il ne retrouvait pas ce domino
noir que couvrait un capuchon garni de la den-
telle la plus précieuse : il rôdait avec inquiétude dans toutes les parties de la salle. Un instant il crut la revoir; c'était la même taille,
des manières semblables; mais bientôt il s'a-
perçut que ce n'était pas elle , et il devint triste,
comme s'il venait de la perdre une seconde fois.
Valbelle l'avait accompagné et riait de ses chagrins. « Ne comptais-tu pas trouver de la fidélité à l'Opéra? lui disait-il; tu es bien enfant :
c'est ici la terre classique du parjure. Au bal de
l'Opéra , l'amour finit avec la nuit : malheur à
ceux qui ajournent le dénouement. »

Derville le quitta mécontent, et toujours avec
l'espoir de découvrir son héroïne.

Il ne se trompe point : la voici revenue , c'est
là le costume gracieux qui a fixé son attention.
Il reconnaît cette large boucle de cheveux noirs
qui, s'échappant entre le bonnet et le masque,
semble apprêtée pour piquer la curiosité et dé-
sespérer l'amour en l'enflammant. Il s'approche,
elle paraît étonnée de le revoir; mais bientôt elle

lui témoigne que cette circonstance l'a flattée, et ils se perdent dans la foule, où ils doivent trouver tout le charme du tête-à-tête, toute l'indépendance de la solitude.

Elle s'échappe de nouveau : vainement il veut suivre ses pas, découvrir sa demeure, elle a disparu ; et le pauvre garçon, séparé de son Eurydice, regagne tristement son logis.

Valbelle n'était pas rentré, mais il ne tarda point. « Eh ! bien, heureux mortel, tu l'as revue ; j'espère bien du moins que tout est convenu entre vous ; je te voue aux dieux infernaux, si tu ne me dis pas que la belle est à toi. — Hélas ! non ; j'ai seulement obtenu la promesse qu'elle se trouverait au prochain bal, et alors j'espère bien... — Tu n'es qu'un sot, et tu mériterais qu'on te plantât là. Pour qui va-t-elle te prendre ! Ah ! j'y suis ; tu as voulu affecter la timidité d'un écolier, pour aiguiser sa curiosité ; le moyen n'est pas mauvais. — Et toi, qu'es-tu devenu ? Je ne t'ai plus rencontré ; j'aurais pourtant bien aimé à te la faire voir. — Je me suis sauvé dans une loge où j'ai dormi. Au diable tes bals de l'Opéra ! Comment peut-on s'y plaire ? Tout Paris s'y trouve, et il n'y a personne. Vous rencontrez une femme qui vous plaît... crac, elle

vous échappe; j'ai voulu me déguiser, et tout le
monde me reconnaissait à ma petite taille et à
ma manière de tenir mon lorgnon. »

Le samedi est arrivé, c'est le jour, ou plutôt
la nuit où le bal de l'Opéra est le mieux com-
posé; c'est le samedi que Derville doit retrouver
sa Corinne; et il n'a garde de manquer à l'Opéra.
Avant même que les bureaux soient ouverts, il
est prêt; il franchit le seuil, escalade les esca-
liers, et parcourt les salles encore désertes où
la foule va se précipiter pour chercher un plaisir qui ne sera plus permis que dans un an.
Peu à peu les masques arrivent, mais il s'écoule
plus d'une heure avant que la réunion soit complète. Derville erre tristement au milieu de tous
ces personnages inconnus; il ne répond pas aux
agaceries que lui adressent quelques petits masques, et regrette que Valbelle n'ait pas voulu
l'accompagner pour l'aider au moins à supporter
la lenteur des instans.

Elle avait promis de se trouver devant l'horloge du foyer. Il revient à toute minute pour tâcher de la découvrir : il semble qu'une attraction aimantée le ramène sans cesse vers ce point.
Au bout d'une heure d'attente et de supplice, il
l'aperçoit, mais elle donne le bras à un grand

homme noir qui ressemble plus à un président
de cour royale qu'à un coureur de bals. Elle
semble ne le point voir, mais après quelques
minutes elle abandonne le bras de son compagnon et accepte celui de notre jeune passionné.

Les leçons de Valbelle se sont gravées dans
son esprit : il ne veut point revenir au logis sans
avoir terminé l'aventure; il se montre pressant.
Après les plus brûlantes protestations sur son
amour, son respect; après avoir épuisé tous les
lieux communs de la galanterie, il demande
enfin, d'un ton pénétré, la faveur de voir ce
visage qu'un masque jaloux lui dérobe. « Pour
votre bonheur et le mien, ne le demandez
pas, » lui répond-on d'une voix émue. « Je vous
le demande à genoux; je sais tout ce que je puis
attendre d'enivrant et de séducteur. » A ces
mots, il l'a entraînée dans une loge écartée; elle
s'est laissée conduire; il a renouvelé ses instances; il prie, il conjure, il pleure. « Vous le voulez; mais ne me ferez-vous pas de reproches? —
Comment vous en vouloir de mon bonheur?
Ah! de grâce, ne me résistez pas plus long-temps.
— Du moins vous n'en voudrez qu'à vous-même. »

Le masque tombe...

C'était Valbelle.

7

Cinq ans après.

« De tant de soins voilà donc le retour !
» Voilà le prix d'un éternel amour ! »

PARNY.

Caroline avait seize ans. Spirituelle et jolie, douée de cette brûlante imagination qui anime les piquantes Provençales, elle soupirait... C'est ainsi que commence presque toujours la vie d'une jeune fille ; puis elle aime et on la marie, ou, ce qui arrive plus souvent encore, on la marie, et puis... et puis elle aime.

Ce dernier lot fut celui de Caroline. Unie au baron de G***, général dans nos armées, au moment où elles venaient d'atteindre à l'apogée de la gloire, Caroline est conduite sous les mêmes drapeaux qui ont honoré le nom de son époux ; elle se voit entourée de grandeurs, d'hommages et de respect, et son imagination flattée par la vanité, son cœur touché par la reconnaissance, lui rendent encore plus doux le

serment de remplir avec fidélité tous les devoirs
d'épouse, de ne point chercher de bonheur au-
delà de ceux que la vertu lui prescrit; et la fidélité et la vertu lui paraissent la tâche la plus
douce à remplir.

Et l'amour donc! ce bonheur et ce tourment
de la vie, ne doit-il pas compter dans les destinées de Caroline? Ne se glissera-t-il pas sous le
casque de quelques-uns de ces jeunes officiers
qui l'entourent? ne se déguisera-t-il pas sous ces
insignes de gloire déjà si pleins de séduction pour
l'imagination d'une femme? Hélas! plus adroit
encore cette fois, il se pare de toutes les grâces
de la timidité, réunit aux prestiges de la valeur
les charmes de la modestie, et semble ne pas
vouloir se laisser deviner, afin de se faire plus
vivement désirer.

Mais quelle est la femme qui ne sait point deviner l'amour, quand c'est elle qui l'inspire? Ce
jeune officier qui seul, au milieu de ses nombreux amis, ne prodigue point à Caroline l'encens de la flatterie, c'est celui qu'elle distingue.
Seul, il semble craindre de lever sur elle ses
regards, de rencontrer sa main; seul il semble
vouloir la fuir, et c'est celui qu'elle désire.

Saint-Alme, c'est son nom, et la jeune baronne le sait depuis long-temps. Elle sait aussi que, comme elle, il est né sous le beau ciel de la Provence; que, comme elle aussi, il aime la musique passionnément; puis bientôt lui et elle passent de longues soirées à faire de la musique et à se rappeler leur terre natale : mais l'amour, qui est dilettante et cosmopolite, prend insensiblement part aux conversations des jeunes compatriotes. Elles n'en devinrent sans doute que plus longues, mais elles cessèrent bientôt.

Le soupçon précède et suit l'amour. On dit qu'il n'aborde les époux qu'en dernier. Cependant un jour il s'empare de l'esprit du général, qui, en mari prudent, fait obtenir un régiment au jeune Saint-Alme, et l'oblige à s'éloigner pour en aller prendre le commandement.

Il partit.

Dès-lors, plus de ces délicieuses heures où les sons d'une harpe, mêlés aux doux accens d'amour, faisaient naître l'ivresse ; plus de ces orages voluptueux qui précipitent l'existence en la divinisant!... Et il voulait mourir, parce qu'il adorait, lui ; tandis qu'elle, après quelques soupirs, après quelques regrets, elle crut savoir l'amour, parce qu'elle y pensait quelquefois encore. Mais les plaisirs, la coquetterie l'entraînèrent, et le souvenir de Saint-Alme n'apparut plus que de loin en loin à son imagination légère, comme ces agréables songes dont on a vague souvenance et qu'on oublie bientôt!...

Cinq années s'étaient écoulées depuis le mariage de la jeune baronne, et cinq ans suffisent à de grands changemens. Son époux avait péri glorieusement au champ d'honneur; Saint-Alme, parvenu au grade de général de division, y avait reçu le titre de baron; et elle, toujours belle, toujours séduisante, elle volait de plaisirs en plaisirs.

Les plaisirs charment l'existence, parlent à l'imagination, mais ne s'adressent pas à l'âme, et ne peuvent suffire au bonheur. Caroline le sentit bientôt ce vide qui empêchait sa félicité; elle devint pensive et rêveuse. Elle fit un retour sur ses premières années, et se rappela son premier désir... Ensuite, le souvenir de Saint-Alme revint à sa mémoire, et elle s'y arrêta avec délices. Elle voyait ses belles paupières, ombragées de cils noirs, se lever modestement vers elle...; puis son regard si noble quitter sa fierté, s'animer d'un feu voluptueux... parler un délicieux langage!

« Elles étaient bien attrayantes ces soirées que nous passions ensemble, se dit Caroline en soupirant. J'étais heureuse alors, pourquoi fallait-il qu'on vînt troubler mon bonheur ? »

Et elle soupirait de nouveau, et ses mélancoliques pensées, troublées par mille désirs, lui inspirèrent l'idée de ressaisir ce bonheur qui lui était échappé... Dès-lors, plus d'obstacles, plus de remords. Elle est libre, et lui l'aimait si tendrement!... Animée des plus douces espérances, elle cherche Saint-Alme, le découvre, lui fait connaître ses dispositions, et bientôt, transporté de joie et d'amour, il lui fait savoir qu'il a tout franchi pour arriver auprès d'elle, et le jour est fixé où tous deux ils doivent se revoir.

Jeune encore, toujours attrayante, Caroline comptait sur le pouvoir de ses charmes pour séduire celui qu'elle aimait. Cependant, afin de les augmenter encore, dès le matin du jour attendu elle se mit à sa toilette, et de la combinaison de ses colifichets avec sa beauté naturelle il résulta la plus jolie de toutes les femmes. Pendant cette occupation importante, son cœur battait violemment à la pensée de revoir Saint-Alme. Elle se retraçait son noble maintien, ses yeux si expressifs, son teint frais, sa chevelure bouclée, sa taille élégante...... Elle attendait impatiemment !

Enfin ils se revirent.

Lui, plein d'amour et d'espérance ; elle, pleine de désir et de certitude.

Et leur bonheur à tous deux fut détruit.

Cinq ans s'étaient écoulés. Ce qui avait valu à Saint-Alme son titre de baron, c'était un magnifique coup de sabre au milieu du visage ; quelques cheveux rares remplaçaient ses ondoyantes boucles ; son regard sortait de deux petits yeux arrondis par l'embonpoint ; et les fatigues et les veilles qu'on lisait sur la figure du général, comme autant de titres à l'honneur, empêchaient d'y reconnaître les traits fins et délicats du brillant Saint-Alme.

Et Caroline regrettait sa toilette et ses pensers d'amour. Caroline n'aimait plus !...

Adieu !

Sans illusions, adieu la vie.

MÉTASTASE.

Il est des mots charmans qui séduisent l'imagination, troublent le cœur, exaltent les sens;
de ces mots qui dévoilent la vie, font deviner
le désir et rêver le bonheur : on les apprend au
sortir de l'enfance; on les étudie dans les brillans momens de la jeunesse, puis on ne les dit
plus, et puis on les oublie... Mais il est un mot
qui ne s'oublie jamais, un mot qui fut créé pour
toutes les langues, pour tous les cœurs, pour
toutes les larmes et pour tous les souvenirs; c'est
celui d'*adieu*.

Oh ! que j'aime à me rappeler le premier adieu
de cette jeune amie qui allait en pension! Nous
avions le même âge, les mêmes plaisirs, les
mêmes jouets; nous répandîmes les mêmes lar-

mes, confondîmes les mêmes promesses, et éprouvâmes ensemble la première douleur.

Plus tard, il me souvient d'un adieu qui fut vite oublié ; c'était celui d'un adolescent qui allait commencer sa carrière sur un champ de bataille ; il abandonnait pour toujours les courses que nous avions parcourues, les jardins que nous cultivions, les jeux que nous avions créés ; il quitta tout et partit ; mais il dut revenir sur ses pas : il avait oublié son épée auprès de mon chapeau de paille, et son casque était resté au milieu des fleurs dont il m'avait couronnée.

Je ne parlerai point de cet adieu touchant qu'il fallut faire aux lieux de mon enfance : tous n'ont pas senti cette puissance de l'habitude qui semble empreindre d'un charme ineffaçable l'arbre que nous voyons, le banc sur lequel nous nous reposons chaque jour. Tous ne sauraient comprendre cette tristesse qui s'empare du cœur en abandonnant les objets même qui causèrent nos souffrances, en nous séparant, pour une dernière fois, des lieux qui furent témoins de nos larmes et confidens de nos douleurs.

Les premiers adieux de Jules étaient si aimables, les seconds si tristes, les troisièmes si tendres ! Il ne voulut point en faire de qua-

trièmes, et resta. Mais ses émotions avaient besoin de regrets ; son imagination demandait des
charmes qui appartinssent aux chimères ; la
réalité ne pouvait suffire à ses désirs ; son enthousiasme s'évanouit dès qu'il perdit les prestiges créés par l'éloignement ; il cessa d'aimer à
plaire, et bientôt je dus regretter ses adieux,

Je soupirai le jour où il fallut dire adieu à ces
premières jouissances de la vie ; où je ne trouvai plus d'intérêt à cultiver les fleurs, où la
danse cessa d'être un plaisir pour mes sens,
où j'entendis les récits de quelques touchans
amours, sans qu'ils fissent battre mon cœur.

J'avais un ami... Oui, c'est bien là le titre que
je donnais à Ernest. J'aimais tant à être à ses
côtés ! Il me semblait appartenir à ma vie. Auprès de lui, tout avait du charme, tout prenait
un langage, tout était compris, et je croyais que
rien ne dût finir : l'avenir s'embellissait de tous
les plaisirs du passé ; alors il pensait comme
moi. Mais un jour une autre passa devant lui ;
elle arrêta son regard ; elle détourna ses accens :
c'était pour elle qu'était fait l'avenir.... Je revis
encore Ernest ; mais j'avais dû dire adieu à mon
ami.

Je murmurai le soir où, revenant d'un bal,

je reconnus que les roses avaient fui de mes
joues, que l'éclat de la jeunesse avait quitté mon
front, que le sourire était devenu languissant
sur mes lèvres ; et, déposant la couronne prin-
tannière, je dis un adieu éternel à la coquetterie.

Une fois encore je voulus ressaisir le bonheur,
me rattacher à la vie : Édouard me parut un
nouvel avenir ; il ranima mon cœur, exalta mon
imagination, trompa toutes mes douleurs ; ses
accens avaient un charme qui effaçait les tristes
souvenirs, ses regards une puissance heureuse
qui ranimait l'espérance. Plus tard , ses lettres me rendirent toutes ces jouissances si
vives et si brûlantes qu'apporte au cœur d'une
femme une écriture bien-aimée ! Les attendre ,
c'était mon existence ,' les recevoir était tout
mon bonheur ; mais une fois Édouard cessa de
m'écrire... et je dis adieu à toutes les illusions
de la vie !

Depuis, que d'adieux se sónt succédé tour à
tour dans mon cœur, dans mon imagination !
J'ai connu l'adieu de la mort, l'adieu de l'incons-
tance et l'adieu du bonheur. J'ai su dire, avec
résignation, adieu à l'espérance ; mais je sens
que l'adieu des souvenirs doit être, pour une
femme, l'adieu de la vie.

Une Conquête.

Une femme est bien près d'aimer celui qu'elle plaint sans le connaître.

Elle est presque jeune, elle est piquante ; de ces femmes que les autres femmes appellent *minaudières*, parce qu'elles sont gracieuses ; que les hommes trouvent *adorables*, parce qu'elles sont coquettes. On venait de lui apporter un chapeau charmant, une robe à la *Parisienne,* une écharpe *tricolore*. Le patriotisme exigeait la mise en scène de la toilette nouvelle ; elle alla aux Tuileries. Là, moins de poussière qu'ailleurs ; mais de la foule, beaucoup. Pour tapisserie, des mamans et de vieilles filles assises, mécaniques à médisance ; pour promeneurs, un grand nombre de fashionables, machines à complimens ; et, parmi tout cela, un jeune homme à taille svelte, à cheveux blonds et à figure mélancolique, la poursuivait comme une ombre plaintive. Elle s'assit, et il prit une chaise vis-à-

vis de la sienne; plusieurs fois elle jeta un coup-
d'œil sur lui, et chaque fois elle rencontra ses
regards langoureux; enfin elle se leva, il la suivit jusqu'à sa voiture, puis il disparut.

Le même soir, l'Opéra-Comique devait voir la
parure de notre élégante, encore augmentée
d'un bonnet du dernier goût. En franchissant le
marche-pied de son équipage, elle crut rencontrer les yeux qui la suivaient aux Tuileries,
et dont l'involontaire souvenir l'avait souvent
occupée depuis. Peu de temps après son arrivée
au théâtre, la porte de sa loge s'ouvre; elle regarde..., c'était lui qui venait prendre place
derrière elle. Dès lors, ce furent mille impruden-
ces. Ses yeux supplians réclamaient la compassion;
un langage plus significatif, en ce qu'il était muet,
exprimait les mouvemens d'une âme ardemment
éprise; enfin, il s'oublia jusqu'à oser presser
contre ses lèvres, à lui, l'heureuse écharpe qui
entourait son sein, à elle; et cependant elle ne
s'en plaignit point à son mari : c'est qu'elle voulait éviter un malheur; et puis il était si jeune, si
intéressant, l'extravagant aux cheveux blonds!

Enfin, le spectacle terminé, il fallut se séparer.

Un commencement d'aventure est une page

de la vie d'une coquette ; et, lorsqu'elle s'éveilla
le lendemain, la nôtre sourit en songeant que,
pour cette fois, elle ne retournerait probablement pas le feuillet... Elle sonne pour demander son journal, et, avec *la Caricature*, on lui
remet une lettre. Un pressentiment l'agite, elle
hésite ; elle décachette...

Elle ne s'était point trompée, le beau jeune
homme des Tuileries lui écrivait.

Dans un chaleureux et entraînant début, il
peignait les sentimens les plus respectueux, les
angoisses de la passion la plus vive, les funestes
conséquences d'une cruelle rigueur ; ensuite,
quittant ce langage naturellement diffus pour
celui de la candeur, il avouait ingénument
qu'issu de nobles émigrés, il était sans fortune...

Et elle lui savait déjà gré d'un aveu franc qui
dénotait un cœur honnête...

Mais, ô surprise ! ô dépit ! le beau jeune
homme aux blonds cheveux faisait, d'un style positif, le tableau de la plus horrible misère ; et
comme le pauvre honteux de Charlet, il termi-
nait son épître par ces mots désanchanteurs :

J'AI BESOIN DE CENT FRANCS !...

Était-ce lui ou elle ?

———————

Ils étaient deux, et le ciel était pur, et les arbres étaient touffus, et leurs regards étaient tendres.

Ce n'était pas pour cueillir la modeste violette, pour chasser le daim sauvage, qu'ils gravissaient les collines et parcouraient les sentiers écartés de la forêt. Ce n'était point pour discuter sur les froides théories d'une philosophie égoïste qu'ils s'assayaient ensemble sur un arbre renversé ou sur une pierre couverte de mousse : ils étaient deux, qu'avaient-ils besoin du reste de l'univers ? le bras de l'un posé sur le bras de l'autre, leurs mains qui se pressaient tendrement, le même feuillage qui les couvrait de son abri, les mêmes fleurs qu'ils foulaient aux pieds, le même air qu'ils respiraient, leurs paroles si douces, leur silence plus éloquent encore, tout venait enchanter leur cœur, troubler leur âme, et remplir leur imagination d'une rêverie voluptueuse et enivrante.

Oh! que ce délicieux tableau fasse un instant tressaillir le jeune cœur dont toute la vie n'est encore qu'une espérance! qu'il rende un instant de bonheur à ceux qui ont aimé les douces palpitations de l'amour, et rappelle les tendres rêveries de la jeunesse à ceux dont les années ont glacé les passions.

Tous deux sont arrivés près d'une tour gothique et solitaire, véritable asile de désir et de mélancolie; les arbres qui l'entourent sont d'un feuillage plus sombre; le soleil paraît respecter le nuage qui les couvre, et les fleurs qui croissent à ses pieds semblent se dérober avec discrétion sous leurs tiges; à peine le plus léger souffle pénètre-t-il dans ces lieux ignorés, et leur silence, tout entouré des charmes du mystère, semble attendre qu'il soit interrompu par un serment d'amour.

Ils vont le prononcer ensemble ce serment de bonheur, et les plus tendres noms, et les plus doux regards et les plus voluptueux sourires seront les gages de la sincérité d'une promesse qui n'a pour témoins que le ciel qui les voit, l'amour qui les inspire et la volupté qui les séduit.

Combien de délices dans le trouble qui suc-
cède aux tendres mots échappés de leurs lèvres!
que de charmes dans la langueur de leurs regards, que d'ivresse dans la douceur de leurs
sourires! mais bientôt, hélas! que de douleur
à la pensée d'une séparation nécessaire! Ha! du
moins, avant de quitter ces lieux ils sanctifie-
ront leurs sermens par le serment d'y revenir
encore chaque année, au même jour, à la même
heure. L'un et l'autre s'engagent à se retrouver
au pied de la même tour; ils jurent qu'aucune
loi ne pourra s'opposer à l'exécution de leur
vœu; ils jurent de surmonter, pour l'accomplir,
toutes les barrières que le monde impose, de
braver tous les orages que le ciel peut amasser
sur leurs têtes, de traverser toutes les distances
qui peuvent se placer entre eux et l'amour; ils
jurent de rapporter chacun la même tendresse,
les mêmes désirs, et, consolés par ces derniers sermens, ils abandonnent enfin cet asile
fortuné, y déposent ensemble un même adieu,
et se retournent une fois encore pour lui donner
un dernier regard plein de reconnaissance et
d'espoir. . . . .

L'année s'est écoulée : le jour marqué pour les
promesses sacrées de l'amour est arrivé. La tour

domine encore, entourée de la même solitude et
du même mystère; mais, plus sombre et plus
lugubre, elle semble veiller avec tristesse sur le
rendez-vous promis. Cependant les heures s'é-
coulent; aucun tendre discours n'est venu troubler la tranquillité du zéphir, aucune douce caresse n'a fait frémir la rose amoureuse, et quand
la nuit fut prête à répandre sur ces lieux sa mélancolie, un seul soupir fut répété par les tristes
échos!...... Ah! du moins, un des deux amans
n'était pas parjure!

Était-ce *lui* ou *elle?*

La Semaine aux Amours.

LUNDI. — LE RENDEZ-VOUS.

C'est une jolie chose, une agréable chose qu'une rencontre, toutes les fois cependant qu'elle ne vous procure pas l'avantage d'être face à face avec un créancier, votre maîtresse en bonne fortune, ou un cheval qui a le mors aux dents.

Aussi, pour moi, la nuit seulement, voilà le temps favorable aux rencontres, parce que souvent elles mènent à des conquêtes. Une dame égarée à mettre en son chemin, une autre à reconduire, un carton, un paquet à porter pour une jolie grisette, mille et un services de ce genre à rendre au beau sexe, vous procurent autant d'agréables récompenses ; car il est peu de ces vertus austères qui paient vos offres d'un silence opiniâtre, ou d'un langage gesticulatif, comme coups d'ongles, égratignures, etc., seulement, il faut éviter qu'un mari ou un amant arrêtés ne vous fassent rengaîner d'officieux complimens; pour ce, on regarde deux fois avant d'entreprendre, avant d'aborder; on tourne quelques instans pour examiner, et, par contenance, on fredonne même le quatrain d'usage :

> Quand un cœur s'engage,
> Tout lui paraît beau,
> Et comme un vaisseau,
> Il court au naufrage.

Il en est qui, pour ne pas effrayer leur monde, remplacent *naufrage* par *bonheur*. Pour ceux-là, la rime est peu de chose, mais moi, qui l'aime autant que les rencontres, je lâche *naufrage*, parce que ça émeut, ça produit un effet superbe et vous remet un cœur à neuf. Alors, on arrive sur ce coup de temps, on attaque, et... vogue la galère.

Il est des gens qui, si on leur parle des avantages de ce genre de rencontres, vous répondent niaisement, qu'ils ne conçoivent pas un pareil passe-temps. — Ah Dieu! les barbares! mais la nature, véritable marâtre à leur égard, a donc refusé le mouvement de la machine intellectuelle à ces gens-là! — Dire qu'ils ne comprennent pas? c'est effrayant!

Le raisonnement est pourtant clair et simple. Vous avez besoin d'une maîtresse, n'est-ce pas? — ou, pour parler plus sentimentalement, votre cœur triste et solitaire languit et dessèche, semblable à une plante privée des rayons d'un soleil vivifiant; il cherche alors à sympathiser avec un autre cœur aussi triste et solitaire, qui, aussi, languit et dessèche sur pied; car, par un de ces prodiges propres à la seule nature et subversif aux règles ordinaires des probabilités, de la réunion de ces deux plantes desséchées, il doit résulter la plus active végétation!... Vous cherchez donc une maîtresse enfin? Eh bien, c'est dans la rue, c'est en plein air, c'est sur le pavé que vous devez la trouver. Vous évitez par ce moyen la dépense de longs soupirs, de tendres œillades, de tous ces préambules qu'il faut d'abord faire dans une rencontre au spectacle, à la promenade, voire même au modeste bal champêtre.

Au lieu qu'en plein vent, sans soucis, sans détours, sans précautions fastidieuses, vous accostez subitement un joli minois parce qu'il vous a séduit, et vous avez pour vous dix chances de le séduire à votre tour.

Vous avez affaire à un cœur vierge, qu'on appelle communément une innocente (ce qui est rare, mais qui se trouve enfin, puisque les femmes commencent toutes ainsi), vous la prenez alors par la douceur, par le sentiment, vous affectez l'air langoureux, vous lâchez de temps à autre le soupir à effet, et le cœur de la jeune novice battra, et elle verra, dans cette occasion, le moyen d'être, comme toutes ses amies, aimée, chérie, adorée, elle pourra dire : qu'elle aussi, elle a *fait une passion ;* et alors... tant mieux, trois fois tant mieux pour celui qui a pu faire pareille trouvaille !

Tombez-vous sur une amante trahie, délaissée, ou même seulement *négligée ?* Vite elle saisira l'occasion aux cheveux, et vous par conséquent, pour se venger d'un *monstre,* punir un *infidèle,* ou se consoler d'un *indifférent.*

Vous pouvez vous adresser encore à une femme pleine de luxe dans ses amours et qui déjà, peut-être, a deux, trois ou quatre amans, même à-la-fois. Alors vous pouvez être bien certain de faire le cinquième, parce que cette femme vous aimera, comme elle aime les autres, *par système,* et pour justifier son titre de *femme à passions.*

Ainsi, donc, vous avez mille chances de réussite, tandis que, contre vous, il n'en est qu'une seule, la vertu ; et Dieu sait ce qu'elle est sans témoins, sans poignard, et sans parapluie.

Les femmes sont impressionnables, très-im pressionables, et elles le deviennent bien d'avan-tage encore à force d'être impressionnées.... Aussi, sur dix femmes qu'on accostera, pour peu qu'on ne soit ni bossu, ni bancal, on doit en subjuguer la moitié. C'est que, sur ce nombre, les unes auront à essayer, à recommencer ou à s'abandonner; les autres, à se venger d'un mari, d'un amant; à se consoler, ou à cumuler. L'assu-rance leur plaît ordinairement; une contenance aisée, un débit spirituel et piquant les séduit d'abord, et voyant, dans une attaque subite, une occasion de plaisir ou de satisfaction qui peut ne point se représenter, elles la laisseront s'échap-per rarement.

Ensuite, êtes-vous mécontent de votre choix? êtes-vous détrompé d'une agréable illusion? ou bien encore, vos propositions sont-elles mal ac-cueillies? Vous vous retirez quand bon vous semble, aussi subitement que vous vous êtes présenté, sans désagrémens, sans désappointe-ment réel comme ceux qu'on éprouve dans une attaque réglée.

Déjà fort de ces principes fondamentaux, je

me promis encore d'y bien réfléchir à dîner, avant de les mettre à exécution.

Le temps s'écoule rapidement quand on l'emploie chez les Frères-Provençaux, devant une table chargée de mets succulens, de vins délicieux, au sein d'une atmosphère embaumée par mille odeurs diverses d'autant de plats différens! Aussi, en avais-je fait des réflexions, depuis ma première huître jusqu'à mon dernier verre de Champagne! Mais, en pareil cas, il faut un terme aux rêveries, parce qu'on ne peut pas toujours consommer, et je sortis plus convaincu que jamais.

Arrivé dans le jardin du Palais-Royal, je respirai un nouvel air. C'est qu'aussi il ne règne pas là la même température qu'aux Frères-Provençaux!... Le temps était beau; tourmenté par cette inquiétude vague que la consommation du Champagne explique, je m'acheminai vers les boulevarts.

Rien ne fait travailler l'imaginative comme un bon dîner, aussi chaque objet devenait-il pour moi un sujet à observation. C'est une si belle chose que la nature... vue dans la rue Vivienne... et à huit heures du soir, encore! Le fracas, le gaz, les boutiques, la foule... Mais

j'aperçois devant moi une jeune fille à la taille
svelte, à la jambe bien prise, qui marche rapidement... Je presse le pas, je m'approche d'elle...
Ah! charmante! adorable!

— Mademoiselle, voulez-vous bien me permettre de vous accompagner?...

Point de réponse. Tout étonné du silence,
j'attends. Je marche machinalement à côté de
la petite et la regarde : Un joli minois, des yeux
fripons, une petite moue drôlette; voilà qui
vaut certes la peine de répéter. Mais nous
sommes au passage des Panoramas. Parler en
public à une grisette... impossible. Et je suis
toujours, et toujours j'admire.

Enfin, nous voilà arrivés aux boulevarts. Je
m'approche de nouveau.

— Mademoiselle, me permettrez-vous de vous
offrir mon bras?...

Toujours pas de réponse. Et la jeune fille,
blessée de mon importunité, traverse pour gagner l'autre côté; je m'y dirige aussi. Dans ce
moment, des cris lointains se font entendre...
Un cheval ayant le mors aux dents s'offre à ma
vue : il va la renverser, elle qui est sur son passage!... Effrayé, je m'élance vers lui, et plein
d'une force que me donne la crainte d'un mal-

heur dont je serais seul cause , je le frappe d'un violent coup de canne qui l'arrête , comme il allait la fouler...

Mais la vue du danger l'avait trop effrayée. Tout en me regardant d'un œil de reconnaissance, comme son libérateur, elle était pâle et tremblante et ne pouvait s'exprimer. Son trouble m'émeut : je saisis son bras , elle s'appuie; je l'entraîne doucement , elle marche ; je la conduis à un café , elle s'assied.

La fleur d'orange , le repos, et plus que tout , l'ordre naturel des choses, ramenèrent bientôt sur les joues de la jeune fille les fraîches couleurs qui avaient un instant disparu. Qu'elle était jolie !

— Voyez , lui dis-je, la trouvant remise , à quoi vous a exposé votre refus.

— Dites plutôt vos poursuites, Monsieur.

— Ah ! j'en suis au désespoir !

— Maintenant il ne faut plus y songer; mais, un peu plus... ma pauvre mère ne revoyait jamais son Albertine !

— Ah ! vous vous nommez Albertine ?

— Oui , Monsieur.

— Et vous m'en voulez beaucoup ?...

— Je ne puis en vouloir à mon libérateur :

mais je serais bien reconnaissante, s'il voulait me reconduire jusque chez moi, car on y doit être inquiet de ma longue absence.

Albertine parlait avec tant de candeur, le son de voix avait pour moi quelque chose de si suave, qu'aussitôt je me levai sans mot dire, et nous sortîmes...

— C'est ici.

— Comment? Déjà arrivés! Mais je ne puis vous quitter, charmante Albertine, sans emporter au moins l'espoir consolant de vous revoir.

— Il le faut cependant.

— Oh! non; je vous en prie, laissez-moi me présenter chez vous?

— Impossible.

— Mais alors, promettez-moi de venir chez moi?...

— Pas davantage.

— Gardez-vous de me refuser, il vous arriverait malheur, vous savez. .

— Oh! j'y prendrai bien garde.

— Et c'est là la reconnaissance que vous portez à celui que tout à l'heure encore vous nommiez votre libérateur, dis-je alors en soupirant!

Le tendre reproche aux pathétiques accens produisit l'effet d'usage. Albertine me promit de venir déjeuner avec moi le lendemain à onze heures. Ivre de joie, je tirai vite alors une carte de visite, elle la prit de sa jolie main blanche, et moi je m'éloignai, impatient déjà d'être au lendemain...

MARDI. — BONNE FORTUNE.

Le lendemain tant désiré, onze heures avaient sonné depuis long-temps, et d'Albertine... point. Et j'étais réellement contrarié, car, en pensant à cette jeune fille, je ne sais pourquoi j'espérais de sa tendresse plus qu'un amour de grisette. Mais la journée était déjà bien avancée, elle n'avait point paru, elle ne devait donc pas venir! Comme j'étais là de fort mauvaise humeur, entre chez moi l'ami Eugène.

— Eh! bonjour mon cher; comment ça va-t-il, s'écrie le jeune fou?

— Très-bien.

— Tu n'as pas l'air gai, aujourd'hui?

— Si... si... très-gai, au contraire... c'est que je suis gai en dedans.

— Je ne t'ai pas trouvé hier?

— Oui, on m'a remis ta carte.

— Qu'en as-tu fait?

— Je l'ai dans mon portefeuille.

— Donne-la moi donc un peu?

— Volontiers, la voi... tiens! je l'ai perdue.

— Ah! ah! ah! s'écrie Eugène ; c'est que c'est toi! Eh bien alors, à toi toute ma reconnaissance, mon tendre ami, mon excellent ami!.. Ah!... ah! ah!... Et le jeune fou s'accrochant à mon cou, me prouva tout le poids de son amitié.

— Enfin, me diras-tu que signifient tous ces ébats? demandai-je d'un air mécontent.

— Certainement, certainement, voluptueux ami. Je vais te conter ça. Imagine-toi donc que ce matin, à onze heures, comme j'étais encore au lit, entre chez moi le plus joli petit minois qu'il soit possible de voir, me reprochant de l'attendre avec si peu de façon. Je ne l'attendais pas, par la raison toute simple que je ne l'avais jamais vu; mais c'est égal... j'ai agi tout comme. D'abord, on a voulu se défendre, *unguibus et rostro* ; mais j'ai prouvé que tout était pour le mieux dans ce meilleur des mondes possibles, puis j'ai fait des honneurs impromptus qui en valaient bien d'autres. Enfin, quand j'ai pu m'informer d'où m'arrivait tant de bonheur, j'ai appris quelque chose de précieusement joli : c'est qu'un mien ami, étourdi s'il en fût oncques, donnant hier rendez-vous à la petite, lui avait remis ma carte

le plus sentimentalement du monde... Voilà, tu
en conviendras, qui est charmant. Aussi, je cherche partout cet ami pour le remercier sincère-
ment, et puisque c'est toi...

— Ah ! assez, m'écriai-je en interrompant
l'heureux persifleur.

Elle était si jolie ! me dis-je tout bas en soupirant, puis j'examinai mon portefeuille, je pris
mon chapeau et je m'en fus.

Encouragé par le succès de la veille, dont une
maladresse de ma part avait seule détruit tout
le charme, on sent bien que, dussé-je colporter
Cupidon sous un parapluie, rien ne pouvait
m'empêcher de chercher au plus tôt quelqu'aventure qui me consolât.

Aussi, dès la nuit tombante, l'œil au guet, le
nez au vent, me voilà regardant tous les bonnets
et chapeaux que le hasard m'envoie, comme un
loup qui attend sa proie...

Ah! de l'autre côté de la rue j'aperçois une
femme ! quelle belle jambe ! vite, je saute le
ruisseau, où, par parenthèse, je culbute un paisible pâtissier, portant une large manne remplie
de gâteaux, et je cours après ma divinité...

Elle est vieille et laide ! c'était bien la peine !
Je fais un demi-tour à droite, et revois mon pâ-

tissier; alors un demi-tour à gauche, j'enfile la rue des Jeûneurs, rue sombre et déserte, puis je disparais.

Arrivé au milieu de la ruelle, je vois une petite femme, qui marche à pas pressés; mais elle est en chapeau, sa mise est recherchée, autant que je peux voir, elle est élégante, elle doit être très-jolie. Dieu! suis-je heureux. Je regarde avant de me risquer... Personne. Quelle bonne fortune...

— Madame, voulez-vous me permettre de vous accompagner?

— Je ne vous en empêche pas, Monsieur.

Comme c'est aimable de sa part!

— Voulez-vous bien alors accepter l'offre de mon bras?...

— Je n'ai pas l'habitude de prendre le bras de quelqu'un que je ne connais pas. Et elle cache sa chaîne d'or avec son châle.

Allons, elle me prend pour un voleur; c'est gracieux!

— Mais, Madame, vous ne craignez pas d'aller seule ainsi, le soir, dans les rues?

— Qu'y a-t-il donc à craindre?

— Cependant, quand on est si jolie...

— Qu'en savez-vous? vous n'avez pu me voir.

Au fait, elle a raison; cette femme-là a une manière de répondre qui vous interloque.

— Allez-vous loin ainsi, Madame?

— Oh mon Dieu non, Monsieur, me voici bientôt arrivée.

— Et jamais ne pourrais-je espérer revoir une femme aussi attrayante, aussi aimable que vous, Madame?

— Vous êtes bien honnête, Monsieur, et surtout peu difficile; car pour mes charmes, ils doivent êtres plus qu'équivoques pour vous; et, quant à mon amabilité... elle n'a pas été des plus grandes dans notre courte conversation; d'ailleurs, cette maison n'est pas la mienne; je vais chez une amie.

Elle est arrêtée. C'est donc ici qu'il faut la quitter, le moment est décisif... et puis qu'est-ce que je risque?...

— .... Mais..., Madame..., si ce n'est point là que vous logez... alors... vous pourriez me faire la faveur de me permettre de me présenter chez vous...; ou bien..., si vous aimiez mieux, je pourrais vous donner la mienne, pour que vous daigniez me fixer un jour..., une heure..., où... que....

— Ah! oui, je comprends, dit-elle, en m'in-

terrompant fort à propos, car je ne savais plus
ce que je disais, oui, donnez-moi toujours votre
carte. » — Aussitôt elle la prend, frappe, me
salue et referme.

Un rayon du réverbère m'a fait voir en elle
une main charmante... et une tournure, donc...
admirable. — Elle va m'écrire... elle a paru
hésiter en me demandant mon adresse : c'est
tout simple. Cependant elle l'a fait. C'est qu'elle
est amoureuse de moi. On ne peut pas expêcher
l'effet d'une première impression.

Pour peu que cela continue, il faudra alors
que je commande un autre cent de cartes... C'est
ravissant!.. Allons nous coucher.

MERCREDI. — UNE CONNAISSANCE.

Je venais à peine d'ouvrir les yeux, et mon
bras encore engourdi s'étendait machinalement
vers les journaux apportés d'ordinaire sur ma
table, quand sous ma main je sentis une lettre.

Aussitôt la souvenance de ma conquête de la
veille se représente vive et charmeresse à mon
imagination, et je regarde promptement l'a-
dresse.

L'écriture est petite, mais fort lisible. « Elle
écrit très-bien, cette femme-là; et puis elle est

9

ponctuelle , j'espère. Elle m'aura répondu aussitôt rentrée... encore sous l'inspiration d'un
premier regard. Comme c'est gracieux...

Mais voyons ce qu'elle dit. Elle m'attend
peut-être déjà , cette chère amie. »

« Monsieur,

» Hier vous avez eu l'obligeance de m'accompagner malgré moi et vous m'avez priée de vous
écrire. Une politesse en vaut une autre , je
m'empresse donc de répondre à votre désir.

» J'aurais peu de chose à vous dire , monsieur,
si notre liaison ne datait que d'hier comme vous
paraissez le croire. Mais l'intérêt que vous
m'inspirez m'engage à vous instruire du contraire.

» Après quelques-uns des pas et quelques-
unes des instances que vous avez bien voulu me
consacrer, j'ai cru me rappeler vous avoir déjà
rencontré dans le monde. Votre nom a levé tous
mes doutes à ce sujet.

» Puisque vous ne m'avez pas reconnue, per-
mettez-moi donc , monsieur, de conserver le
souvenir de tout ce que vous m'avez dit hier
de poli, de gracieux et d'aimable , pour vous

en témoigner ma reconnaissance à la première
occasion.... »

Allons! bon! en voici bien d'une autre à présent. C'est-à-dire qu'à compter d'aujourd'hui je
ne vais plus oser me présenter nulle part, dans
la crainte de rencontrer cette femme. Car elle
va raconter ma mésaventure à chacun. Et chacun se moquera de moi. Avec ça que les salons
sont très-peu à la hauteur des rues... Il y a dans
un incident pareil un obstacle pour toute la
vie à des succès de boudoirs... Comme c'est ré-
créatif! Eh bien, puisqu'on m'y force, raison de
plus pour que j'en cherche ailleurs des succès.
C'est égal, dorénavant il faudra tâcher d'y voir
plus clair, pour ne pas retomber dans le même
inconvénient.

Ah! pardieu, si nous allions ce soir au spectacle?... Au moins les lumières ne me manqueront
pas, cette fois. Oui..., mais là le soleil luit pour
tout le monde, et je ne serais pas bien curieux,
après tout, que quelqu'un me reconnût dans
le rôle d'un troubadour de galerie... Et après
avoir cherché un remède à cette objection, je
m'acheminai vers le théâtre Mont-Parnasse, ré-
ceptacle dramatico-champêtre de toutes les grisettes de Paris. J'entre au parterre et le hasard

me place près d'un jeune et piquant minois au teint frais, aux beaux yeux bleus, à la taille bien prise.

Mon cœur philanthrope n'a jamais pu résister à la vue séduisante d'un tablier noir servant d'enveloppe à tant d'attraits...

Placé fort proche de ma gentille voisine, j'essayai d'entamer la conversation. J'offris d'abord ma lorgnette. C'est toujours par là que je commence : il est bon de voir déjà les choses du même œil. Ma voisine est une petite brocheuse, qui, moyennant ses 60 centimes, vient prendre de l'agrément pour toute la semaine. Paraissant extrêmement sensible, elle répandit quelques larmes brillantes et argentées sur le sort de l'infortunée *Léonie*. Je mêlai mes larmes aux siennes, et nous fîmes un duo fort attendrissant.

Bientôt nous fûmes comme d'anciennes connaissances. J'eus même l'ineffable joie de lui présenter l'hommage respectueux de mes sentimens, sous la forme d'une orange payée pour être de Malte. Dès-lors, Mlle Chonchon (c'est le nom de ma belle) de temps en temps appuya son joli bras sur mon épaule, pencha sa tête sur ma poitrine. Vous devez penser, mes amis, dans

quel état mon pauvre cœur était. A ses battemens précipités, on l'aurait gratifié du plus solide anévrisme.

Enfin, la toile baissée pour ne plus relever,
j'offre mon bras qu'on accepte, non sans quelque hésitation, et d'un air grave comme une pa-
trouille de la garde nationale, je reconduis la
jeune fille dans le domicile paternel situé rue
de la Huchette. Cependant, chemin faisant,
j'obtiens quelques propos de reconnaissance,
quelques promesses vagues, paroles enivrantes
qui rafraîchissent les sens comme une rosée de
feu. La soirée était calme, le ciel étoilé comme
le poitrail d'un Russe; pas la moindre averse
pour calmer les passions, pas le moindre incident pour suppléer la nature... Je pris flamme !

Surmontant ma timidité habituelle de 40 degrés au-dessous de zéro, je saisis la main de
Mlle Chonchon avec toute la délicatesse d'un
gendarme : «Mademoiselle ! — mécriai-je, les
pieds parfaitement en dehors, mais fort ému
en dedans. —Mademoiselle, cette main délicieuse, qui semble vous appartenir, je ne con-
sentirai à vous la rendre que quand vous m'au-
rez permis de vous revoir !!!! Ouf! »

Comme je m'y attendais, la pauvre demoi-

selle parut fort surprise. Mais ce fut moins de
ma proposition, que de la pantomime qu'elle
m'avait coûtée, car elle m'assigna le plus gracieusement du monde un rendez-vous pour le
lendemain soir à huit heures, devant l'église
Saint-Sulpice. Puis là-dessus, elle rentra gaiement chez papa et maman, tandis que moi, je
tirai ma montre pour compter désormais les
heures par minutes et par secondes !...............

JEUDI. — INFORTUNES.

A sept heures du soir, j'étais déjà en toilette
de bal. Un rendez-vous produit sur moi l'effet
des plus violentes contredanses, et c'est toujours
en ce costume que je m'y rends. Vive l'existence
en petits souliers !

La nuit commençait à envelopper Paris de
son bonnet de coton, et le long des murs on
voyait se glisser comme des ombres, les tailles
vaporeuses des jeunes filles de magasins.

Plusieurs fois l'envie me prit d'arrêter un de
ces minois malins au passage, mais je me retins.

— Voyons, me dis-je héroïquement, ne soyons
pas aussi considérablement scélérat à-la-fois. Ne
courons point ainsi après l'ombre du bonheur,

quand il nous attend à heure fixe, et je m'acheminai vers Mlle Chonchon.

Rien ne retarde en ce monde comme de
faire de la morale. Aussi depuis cinq minutes,
huit heures avaient déjà sonné, lorsque mon
pied palpitant atteignit enfin la place Saint-
Sulpice, place d'ordinaire solitaire et mystérieuse...

Elle n'était ce soir-là ni de l'une ni de l'autre
nature. Une foule inquiète inondait son pavé.

Ne voyant rien de loin, j'approchai.

Enhardi par la figure charmante et la démarche incertaine d'une jeune fille, un élégant
l'avait cavalièrement accostée; mais tout aussitôt un grand gaillard, brutal et cordonnier,
était tombé sur le couple à triples coups de
tire-pied, et depuis cinq minutes, les deux
champions se rossaient avec une égalité de grâces musculaires qui intéressait trop vivement la
foule pour qu'elle les séparât.

La jeune fille, c'était Chonchon; le jeune
fashionable, c'était un ami auquel j'avais le
matin confié l'aveu de ma témérité. Je me féli-
citai beaucoup de ce qu'il en eût accepté les
conséquences chanceuses, et je fus prendre
un riz au lait.

Allégé d'une passion, mais appesanti d'un riz blanc et d'une colonne du *Constitutionnel*, je revenais chez moi comme j'en étais sorti, — c'est-à-dire, toujours tourmenté de cette inquiétude qui vous fait, dans la rue, regarder les promeneuses plutôt que les pavés.

J'allais gagner ma demeure comme un parfait honnête homme, — quand j'aperçois quelque chose de blanc qui vient de mon côté. — Je ralentis le pas, et je vois gentille grisette, petite et mignonne, portant carton large et haut, presqu'aussi grand qu'elle.

— Eh bonsoir, ma belle enfant, où allez-vous donc ainsi ?...

Rien.

— Vous offrirai-je mon bras ?...

Toujours rien, si ce n'est cependant des coups de son carton de parchemin, qu'elle balance entre nous deux, et qui me chatouille un peu désagréablement les côtes.

— Ce carton doit vous embarrasser beaucoup, Mademoiselle ; désirez-vous que je le porte !...

Toujours le silence le plus complet.

— Est-ce que vous êtes muette ou sourde, Mademoiselle?...

Ici la petite sourit, donc qu'elle n'était ni l'un, ni l'autre; mais elle ne répond rien. Alors je m'explique plus catégoriquement. Je veux prendre... le carton, et la chère petite m'égratigne... Tudieu! quelle vertu! Mais c'est charmant ça. Je passe alors de l'autre côté, pour prendre autre chose que le carton, et, gardant le plus profond silence, la petite me donne gentiment plusieurs coups de son petit pied qui me crotte tout mon pantalon... C'est vraiment enchanteur, la vertu!

Enfin, Lucrèce en miniature s'arrête, elle va frapper à l'une de ces portes à figure monstrueuse. Les difficultés augmentent le désir; je veux absolument obtenir quelques mots du vertueux trottinet, et pour qu'on n'entende pas le signal qui réclame le cordon, je glisse adroitement ma main entre la porte et le marteau.

Remarquez, je vous prie, combien ceci est ingénieux.

Ordinairement, pareille démarche arrête les doigts d'un cœur sensible. Mais ici, il n'y a pas moyen d'y rester long-temps, la petite frappe et refrappe de façon à m'écraser en détail, et je retire ma main presqu'applatie par le marteau pesant. La porte s'ouvre, elle saute lestement avec son gros carton, tire la langue en m'appelant nigaud, puis referme en riant.

Voilà, comme on le pense bien, qui avait terriblement calmé mon ardeur. Je mis donc ma main malade dans ma poche vide, trouvant qu'elle avait suffisamment fait le service pour ce soir là, et de l'autre je tirai ma montre pour savoir l'heure. Près de minuit. Il est permis à un homme estropié de rentrer à cette heure-là. C'est ce que je fis, en me contentant de regarder où je mettais mes pieds, et la vue de mon propre marteau rendit bientôt mes douleurs plus cuisantes.

VENDREDI. — SUCCÈS.

Avec un peu de cataplasme et de philosophie, vingt-quatre heures après l'événement, je ne pensais plus à mes meurtrissures ni aux raisonnemens vertueux que m'avait inspirés la douleur.

Et cependant, la soirée était fort avancée, que je n'avais point encore quitté mon logis. De la fenêtre de mon entresol j'étudiais le cours des astres, par manière de désœuvrement; en bon chrétien, je résumais les probabilités fatales qui pouvaient résulter d'une excursion entreprise un vendredi; de temps à autre j'examinais timi-

dement ma main convalescente : de tout cela,
le meilleur parti à prendre me sembla la lecture
d'une page traduite de Walter-Scott pour m'endormir, et, fermant ma fenêtre, j'allais gagner
mon lit, lorsque, dans la rue, j'entends tousser
légèrement. La finale d'une ballade d'Auber ne
m'eût pas semblé plus gracieuse : je me retourne,
et j'aperçois une petite femme, attrayante au
possible, qui s'acheminait d'un air passablement
philosophique.

Vite ma canne et mon chapeau ; et en deux
bonds, me voilà derrière elle.

Elle n'avait point de carton, elle était fort
bien, onze heures du soir, pas un chat dans les
rues... En avant le refrain.

> Quand un cœur s'engage,
> Tout lui paraît beau.

» Mademoiselle, voulez-vous me permettre de
vous accompagner?

— Bien obligée, monsieur.

— Mais vous n'avez pas peur, seule ainsi dans
les rues, à pareille heure.

— Au contraire. Puisqu'il n'y a personne, il y a
moins de danger.

— Mais, il suffit de rencontrer un seul indi-

vidu, et quand on est si jolie, on doit craindre
d'être à tout moment enlevée.

— Oh! il n'y a pas mèche! Est-ce qu'on n'a
pas des pieds, des ongles pour se défendre, et
une voix conséquente pour appeler du secours.

A cette courageuse protestation, je mets mes
deux mains dans mes poches, et après cette précaution, je reprends. — Comment, mademoiselle, c'est ainsi que vous accueilleriez l'aveu de
la passion que votre vue seule fait naître?

Ah! ça dépend! pas toujours! c'est selon les
égards préalables!

— Ah! les égards préalables... c'est juste, au
fait, quand on est si bien. Mademoiselle, vous
offrirais-je une glace?

— Merci, c'est trop froid.

— Eh bien alors, du punch?

— Non, c'est trop chaud; et puis tous les cafés sont fermés.

— Mais si vous vouliez vous reposer chez moi,
nous pourrions en prendre.

— Comment! chez vous?

— Certainement.

— Eh ben, ça serait gentil! Et les mœurs,
donc!...

— Ah! vous tenez aux mœurs?

— Sans doute, monsieur, qu'on y tient aux
mœurs. Les mœurs avant les glaces, le punch et
la bière, les mœurs avant tout!

— Mademoiselle, irez-vous loin comme ça?

— Non, monsieur, rue Quincampoix, n° 32:
Angiolina, au second, la porte à droite, v'là où
j'reste.

— Ah! Et vous dites que ce n'est pas loin :
du faubourg Poissonnière à la rue Quincampoix,
une heure de chemin seulement! C'est peu. Vous
me permettrez bien d'être votre cavalier pour ce
soir?

— Ah! monsieur, si j'acceptais, que penseriez-
vous de moi?

— Je penserais que vous voulez bien... Prenez
donc mon bras.

— Non.

— Si.

— Non.

— Allons, je vous en prie.

— Dieu de Dieu! Faut-il qu'il n'y ait plus de
gendarmes pour protéger la vertu des pauvres
filles!

SAMEDI. — PARTIE EXCESSIVEMENT FINE.

. . . .

Ce matin-là, je fus étrangement réveillé:

quelque chose, qui me prend à la gorge, me suffoque et m'étouffe; j'ouvre les yeux... c'était le
chat de Mlle Angiolina, gros animal noir et pesant, qui se promenait magistralement sur mon
estomac!..

L'ambition possède tous les hommes, et dans
tout. J'avais enfin obtenu ce que je cherchais
ainsi que vous savez; eh bien, je voulus chercher encore, et surtout du nouveau. Assez de
grisettes comme cela! me dis-je : les unes ont un
carton, les autres un chat noir, goûtons un peu
des agrémens de plus haut lieu. Visitons aussi
les promenades. Sous un arbre vert, entre un
parasol et un coup de vent, on a parfois trouvé
des consolations à la solitude du cœur. Es-
sayons.

Ce disant, je fus aux Tuileries. Il était quatre
heures. Un essaim de femmes toutes plus jolies
les unes que les autres bordaient les riantes allées; mais toutes ayant aussi plus de papas, de
cavaliers ou de mamans les unes que les autres
je regardais à la façon de Tantale, lorsque mes
yeux furent éblouis par la taille élégante et voluptueuse d'une dame qui vint s'asseoir seule
auprès d'un maronnier. Sa figure est belle,
son maintien paraît décent, elle promène ses

regards sur la foule, comme une personne arrivée la première à un rendez-vous.

En homme à principes, je me dis aussitôt qu'il serait fort mal de laisser ainsi une jolie femme s'impatienter, et je pris la chaise voisine de la sienne.

Je m'emparai du premier incident pour nouer la conversation ; je fus accueilli froidement. Charmé de tant de réserve, je continuai, et, après quelques discours légers, quelques plaisanteries relevées par des observations pleines de finesse, l'entretien s'engagea d'une manière plus favorable.

Cinq heures avaient sonné, et au son de cette cloche des dîners parisiens, la majeure partie des promeneurs battirent en retraite. Ne voyant pas ma charmante voisine disposée à suivre l'impulsion générale, et croyant remarquer en elle une sorte d'inquiétude, je m'imaginai poliment qu'elle pouvait bien n'attendre qu'une invitation pour en faire autant.

Alors j'amène adroitement la conversation sur les nouveautés dramatiques : il y a, le soir même, une première représentation au Gymnase, j'offre une loge, puis, par une de ces transitions qui sont le chef-d'œuvre de l'art, je quitte tout-à-coup le champ de la métaphore respectueuse pour faire cette question toute naturelle : — Nous dînerons ensemble, n'est-ce pas?

Ici, un sourire qui me parut délicieux récompensa ma témérité.

— Puisque vous voulez bien que nous dînions ensemble, me répondit mon adorable, partons : il est temps; et elle prit mon bras.

Arrivés au perron de la rue de Rivoli, je vois ma dame qui fait un signe; je regarde à qui : un brillant équipage s'approche, un grand drôle à livrée ouvre la portière avec prestesse, le marche-pied descend avec fracas, et, me quittant, ma conquête s'élance sur les soyeux coussins.

Décontenancé par une pareille surprise, le chapeau à la main, je vais faire d'humbles excuses à la maîtresse de l'équipage, lorsqu'avec une aménité charmante celle-ci m'engage à prendre place auprès d'elle. Comme on le pense bien, je ne me fis pas répéter pareille injonction, et, reprenant l'air le plus victorieux du monde, me voilà assis en face de mon inconnue.

Au fait, me dis-je en roulant, malgré ses deux chevaux et ses deux laquais, cette femme-là est amoureuse de moi. Qu'y a-t-il d'étonnant, après tout? Est-ce que notre figure n'est faite que

pour les couturières et les modistes? Est-ce
qu'elle serait déplacée au sein de marquises, ou
de duchesses? Il paraîtrait que non ; le dénouement promet : attendons.

J'en étais à ce point culminant de ma disser-
tation interne, lorsque l'immobilité de l'équipage au doux balancement m'apprit que je tou-
chais à ma destination.

Nous étions dans l'une des cours les plus spa-
cieuses de la rue de la Paix. Ravi, je descends
pour aider ma conductrice mystérieuse à en faire
autant. Elle reprend mon bras, nous voilà sous
un vestibule élégant : je n'avais plus le droit
d'être étonné, je me laisse donc guider.

Je n'en étais encore qu'à l'escalier aux larges
dalles et à rampe d'or, que déjà j'entrevoyais
le boudoir au jour incertain, aux ottomanes
suaves et au bonheur discret.

Enfin, je vais y arriver; nous avons traversé
une vaste antichambre, une pièce riche de peintures précieuses, ma conductrice saisit le bouton doré d'une porte, — mon cœur bat, — elle
ouvre, et je me trouve dans un salon, au milieu
d'une assemblée nombreuse....

Un grand homme sec se trouvait à l'entrée :
« Tiens, mon ami, lui dit mon inconnue, en

» haussant malicieusement la voix, je te pré-
» sente monsieur que j'ai vu, il y a une heure
» pour la première fois, aux Tuileries, où je t'ai
» vainement attendu. Monsieur ayant désiré que
» nous dînions ensemble, je l'ai amené à notre
» réception, assurée que tu te joindrais à moi
» pour le prier de rester avec nous. »

Certes, je ne mourrai jamais d'apoplexie, dès
que la masse de sang que pareil discours me fit
monter au visage ne m'étouffa point sur le coup.

En homme qui sait le monde, le mari ne pro-
voqua point d'autre explication et réitéra l'invitation d'assez bonne grâce; mais moi, en homme
qui sait son rôle, je profitai du moment où l'on
passa à table pour m'esquiver, pensant que mon
apparition en ces lieux avait été suffisamment re-
marquable pour égayer le dîner le plus prolongé.

DIMANCHE. — PLATONISME.

Pour moi, le dimanche est un jour de deuil
et de nébulisme. Cette obligation de repos en-
chaîne l'activité de mon esprit; cette matinée,
revenant chaque huit jours comme consacrée
aux plaisirs, produit sur moi l'effet de ces
conteurs vous avertissant d'avance que vous
allez bien rire de leur histoire, le plus souvent

froide et fastidieuse. Le dimanche, je voudrais
fuir mon logis tout empreint de la tristesse de
mon âme; et cependant je n'ose sortir, car les
rues me semblent pavées de ridicules. J'en veux
beaucoup à ces gens, les bras en dehors, la bouche béante, qui ont l'air de s'amuser au possible, parce qu'ils ont un col de chemise menaçant,
et un habit qui, fait pour le tiroir, semble surpris et dépaysé de se trouver en plein vent.

Fuyant donc mon logis, les rues, et tous les
lieux publics, j'ai trouvé pour ce jour-là un
moyen de vivre sans suicide. Je me suis imposé
de force à une famille amie, qu'une fois pour
toutes j'ai suppliée de me sauver la vie chaque
dimanche, en me permettant de le venir passer
gaiement à la campagne dans son sein. Là, du
moins, c'est une atmosphère de franchise qu'on
respire, un parfum de nature et d'amitié qu'on
goûte : il y a, dans un pareil jour, provision de
bonheur pour toute la semaine. Aussi, je n'y
manque jamais.

Or, les cheveux encore tragiquement hérissés
par suite des terribles événemens de la veille,
je m'acheminai vite vers l'asile protecteur de
chaque semaine, pour y braver dans la solitude
jusqu'aux remords de mes pensées.

Mais il était écrit quelque part que, toute cette semaine-là, je verrais mes projets contrariés. Sauvage hebdomadaire, je fuyais régulièrement la civilisation un jour sur huit; ce jour-là surtout, j'aurais bien donné huit civilisations pour quelques heures d'oubli social et de rêves champêtres; et, en arrivant, je trouvai toute une organisation séduisante, toute une existence de plaisirs et de charmes, sous la forme d'une femme, jeune, vive, gracieuse, spirituelle et jolie. Et cet ange délicieux, que deux jours avant j'eusse entouré de mes louanges et de mes adorations, il était là pour moi comme un cauchemar, déplaisant, insupportable; car, en me rappelant ces héroïques entreprises à déplorables résultats, il me semblait un reproche, une ironie amère, un nouveau défi à mes inexorables résolutions de fierté sentimentales.

Néanmoins, une fois l'assaut de première vue essuyé, je tins bon. Appelant à mon aide tous les devoirs de mon rôle de sauvage, je trouvai fort ingénieux de rendre une femme accomplie solidaire de toutes les humiliations dont m'avaient accablé jour par jour ses semblables, et d'opposer à cette délicieuse perfection, l'imperfection la plus révoltante, un homme impoli.

Elle était bien jolie, cependant!

Pour éviter jusqu'au motif de cette réflexion, je descendis au jardin, et, pendant une heure que se fit attendre l'annonce du dîner, j'eus l'intrépidité de me promener à grands pas, le menton dans ma cravate, les mains dans mes poches et les sourcils fort énergiquement froncés. Rien n'est plus fatigant à prolonger que le rôle d'une mauvaise humeur de convention. Épuisé de frais dramatiques, j'allais donc finir par abjurer mes contractions gênantes, lorsqu'en levant la tête vers une fenêtre du salon, j'aperçus derrière un rideau écarté, la jolie petite femme qui observait ma marche fantastique : je me crus alors obligé de me promener à pas deux fois plus grands, le nez dans ma cravate, les mains au fond de mes poches, et mes deux sourcils n'en formant plus qu'un.

Il ne me restait probablement pas cinq minutes à vivre dans ce martyr nerveux, lorsque le dîner vint enfin le faire cesser. L'exercice m'avait donné de l'appétit; l'appétit me rendit glouton et silencieux; c'était admirablement continuer mon rôle.

Mais, bien que je ne disse rien, je ne pouvais me boucher les oreilles, et au milieu de la con-

versation, la petite femme me parut d'un esprit fin et spirituel. C'était une justice que je lui
rendais *in petto*, voilà tout.

» Elle vint à m'adresser la parole, et je ne sais
pourquoi le timbre de sa voix me sembla délicieux à entendre. Pour me garantir convenablement d'une aussi séduisante impression, je lui
répondis d'une manière brève, tout justement
polie, mais certes peu affable. Alors ses beaux
cils noirs s'élevèrent vers moi comme un long et
douloureux reproche, et, s'ils ne se fussent abais-
sés aussitôt, j'allais, je crois, comme fasciné
par ce regard, solliciter mon pardon à genoux.
C'était le dernier vertige d'une folie expirante.
Je repris bientôt toute ma dignité d'ours mal
léché.

Pendant la soirée qui suivit le dîner, la jolie
petite femme ne s'exposa plus à la brusquerie de
mes réponses : elle ne m'adressa pas un mot, et
cependant elle ne cessa pas pour cela de parler
à mon cœur. Avec cette gracieuse complaisance
qui est déjà du talent, elle se mit au piano,
dès que les maîtres de la maison lui en témoi-
gnèrent le désir. La musique la plus médiocre
a toujours été pour mes sens le secret des plus
vives émotions. Ce fut donc malgré moi et

comme par trahison que je cédai aux fascina-
tions d'une touche légère et d'une voix pleine
d'harmonie.

Si, en héroïque loup-garou, j'avais su résister jusque là à tout ce qu'il y a de séduisant
dans une nature gracieuse, l'enthousiasme mu-
sical ne tarda pas à l'embellir de tout le prestige
de sa poésie. Je rêvai les élémens du bonheur
dans cette physionomie délicieuse, dont la pu-
reté des lignes et la ravissante expression pouvaient rivaliser avec les plus parfaites créations
de l'âme. J'aurais donné toute ma vie d'avenir,
pour entendre mon nom mêlé aux sons que rendait cette bouche voluptueuse. J'enviai jusqu'au
sort de la pédale docile foulée par le pied
mignonnet dont je suivais toutes les ondulations.
Puis, au milieu de mon extase plus puissante
par son silence que les éloges articulés autour
de moi, parfois ce regard doux et plaintif de
la petite femme, enveloppant dans un sourire et ma réponse et les louanges universelles,
semblait m'écraser de toute la force de la comparaison. Aussi, plein de regrets, pénétré du
sacrilége d'amour qui m'avait fait méconnaître
tant d'attraits, j'implorais mon pardon à mains
jointes, je disais mes malheurs pour excuse,

des paroles suaves pour gage de sincérité...
Puis c'étaient des plaisirs d'anges pour réponse;
ses doigts lutins dans mes cheveux... son souffle
amoureux pour pâture... un sourire, — un soupir,—les cieux entr'ouverts, — elle, et puis...

Et puis, — plus rien.

Sa voix et l'instrument avaient cessé de rendre leurs sons délirans, mon délire était brisé.

Sombre et rêveur, j'étais couché sur un canapé,
suivant encore des yeux ses gestes folâtres et
enfantins; ne voyant plus entre elle et moi que
ma faute et son reproche, c'est-à-dire désillu-
sionné, humilié, sans espoir. Alors chaque seconde emporta un degré du charme qui m'avait
oppressé, et le temps seulement de mettre les
schalls, de chercher son chapeau, ma farouche
résolution avait repris le dessus. Rendu à ma
première indifférence, j'allais quitter sans regret
cette femme que je ne devais peut-être plus
rencontrer, lorsqu'une seule parole du maître
de la maison changea toute ma destinée.

—Voulez-vous bien, me dit-il, avoir la complaisance de reconduire *Madame* à Paris, dans
votre cabriolet? Vous m'obligerez.

. . . .

C'était un soir, après une de ces journées délicieuses, parce qu'on l'a consacrée tout entière à celle qu'on aime. Elle m'avait prié de l'accompagner jusque chez une amie qui l'attendait. J'acceptai comme une nouvelle faveur.

Un assez long silence avait succédé à sa dernière réponse. D'autres pensées me reportaient à d'autres momens. Nous étions rue des Jeûneurs; à quelques pas devant moi, j'apercevais une porte qui me rappelait les souvenirs d'une existence bien différente, et en comparant les folies passées au bonheur présent, je caressai d'un regard reconnaissant celle qui me l'avait révélé.

Elle me fixait d'un œil mutin.

— A quoi songez-vous donc, ainsi silencieux ? me dit-elle.

— A vous, mon ange.

Puis frappant précisément à la porte qui m'avait fait penser : — *Vous ne me remettez donc point votre carte, aujourd'hui ?*

— Comment ! lui dis-je en l'arrêtant. Quoi ! vous sauriez !... C'était vous ?...

— C'était moi, répondit-elle avec son sourire d'amour. Il y a près d'un an, qu'ici même je vous rencontrai fat et impertinent, vous que j'avais déjà vu modeste et timide. Bientôt je vous retrouvai fantasque et bourru, je vous ai fait aimable et séduisant; enfin, j'ai tenu la promesse de ma lettre, en vous récompensant de votre docilité : n'êtes-vous pas satisfait?

— Oh! mon ange, encore un mot...

— A demain.

Et posant son joli doigt sur sa bouche, elle referma la lourde porte qui nous sépara.

Vous ne me réveillerez pas demain.

―――――

Pour qui a reçu la vie, la mort et l'amour sont inévitables.

PENSÉE D'UNE FEMME.

Qu'ils étaient jolis les grands yeux bleus d'Édouard, lorsque, jouant dans le préau du collége, ils brillaient de cette joie naïve qui anime les premiers plaisirs de la vie! Qu'ils étaient doux et tendres lorsque seul, à l'écart, éloigné de ses bruyans amis, il pensait à sa mère, à sa sœur, à cette jeune amie de sa sœur qu'il avait quittée en pleurant, parce qu'un homme ose encore pleurer quand il n'a pas seize ans!

Combien il fut heureux le jour où, abandonnant les bancs de la classe, la cloche du réfectoire, et Salluste et Tite-Live, il se crut débarrassé de tous les soucis de la vie! Dès lors plus de textes philosophiques à discuter, plus de problèmes géométriques à résoudre, plus de professeurs sévères, de repas exigus, de lever ma-

tinal; ivre de plaisirs, il passe cette première
journée au milieu de tout ce qu'il aime. Sa
mère contemple avec orgueil sa jeune beauté ; sa
sœur sourit en examinant ses mains encore em-
preintes de l'encre du collége, et sa jeune amie,
en jouant avec ses cheveux blonds, lui apprend
que la couleur en est charmante, et qu'ils tombent en boucles gracieuses sur son front.

Qu'il se croit grand lorsque, déposant son habit d'écolier, il s'assied au souper de famille !
Avec quel plaisir il boit du champagne, se retire à minuit, et dit à son vieux domestique :
Thomas, vous ne me réveillerez pas demain.

Les gazes et les fleurs s'entremêlent en guir-
landes au-dessus des glaces qui ornent le salon ;
cent bougies font briller leurs lumières au travers des masses d'or et de cristal ; des trophées
d'amour s'élèvent çà et là, des sons mélodieux
s'échappent de divers côtés, et l'aiguille, immobile au milieu du cadran, semble indiquer que,
pour une fois, les plaisirs ont arrêté la marche
du temps. La fête est brillante, la danse animée,
la gaîté générale. Les jeunes filles y décèlent
leurs grâces naïves; les coquettes y déploient
leurs ruses aimables, et les hommes y dispensent
leurs flatteries banales. Là, un diadème en dia-

mans supporte de longues tresses de cheveux
noirs; ici, une guirlande de fleurs couronne un
front ingénu. Une robe de crêpe uni se distingue
auprès d'un tissu d'or, et un simple ruban de
gaze accroche en voltigeant les pierreries nuan-
cées d'une riche ceinture. Toutes les femmes
paraissent jolies, gracieuses et gaies. Une seule,
la plus belle, la plus aimante sans doute, porte
sur son front le trouble d'une aimable rougeur;
un modeste embarras embellit son sourire, son
regard tendre et timide ne semble désirer qu'un
seul être, et cet être c'est Edouard, dont on
pourrait interroger le bonheur si le bouquet
d'oranger, qui pare encore le sein de sa jolie fian-
cée, n'apprenait que dans cette fête où le plaisir
est pour tous, le bonheur est pour lui seul.

Cependant l'agitation est devenue moins
bruyante, plus d'une toilette a déjà perdu sa
fraîcheur, quelques lumières ont disparu sous
leur support de cristal; un léger murmure parcourt les salons, on sourit d'une disparition
inaperçue, puis on s'échappe successivement,
et quelques-uns, en cherchant leurs manteaux,
entendent Edouard franchir l'escalier et dire,
en fermant doucement une porte : *Thomas,
vous ne me réveillerez pas demain.*

Elle est douce la rosée du soir lorsqu'elle tombe
sur le front d'un enfant qui s'endort; elle est jolie lorsqu'elle dépose des perles sur les feuilles
des roses; elle est triste lorsqu'elle voile les objets sans dérober leurs formes; car, là, je reconnais un buisson de fleurs, un tombeau de
marbre blanc, un jeune homme aux beaux
cheveux blonds... Il se nomme Édouard.

Comme aux jours de son collége, il est venu
trouver sa douce amie : comme alors il répand
les larmes amères de la séparation ; mais comme
alors il ne doit plus espérer de la revoir encore.

Pourquoi donc conserve-t-il de si jolis regards
puisqu'ils ne sont plus faits pour l'amour? Pourquoi tant de grâces sur ses lèvres puisqu'elles ne
doivent plus recevoir de baisers? Et son souffle
ne devrait-il pas se glacer dans son sein, puisque la volupté ne doit plus l'animer?

Mais lui possède le secret de son existence,
et lorsqu'il abandonne le tombeau de son amie,
nuls signes de désespoir n'échappent de son
cœur; il n'emporte point un souvenir de deuil,
ne dépose point une lugubre offrande, et s'é-
loigne sans même retourner une seule fois sa
figure décolorée ; il n'a plus de pensées ni pour
une mère, ni pour une sœur, ni pour la vie, car

il est déjà détaché de la terre, et lorsqu'il rejoint son foyer solitaire, il semble faire un dernier effort pour presser sur ses lèvres le portrait de celle qu'il aima, puis sur ces mêmes lèvres fait découler l'opium qui doit assoupir pour jamais ses douleurs, et, sans donner un seul regret à l'existence qu'il a brisée, il entre seul dans cette chambre qu'il partageait avec elle, et dit d'une voix faible et tranquille : *Thomas, vous ne me réveillerez pas demain.*

IV.

Fatalités,

UNE EXISTENCE D'HOMME.

DEUX DESTINÉES.

UN PACTE.

UNE NUIT DE MA VIE.

Une Existence d'Homme.

POURQUOI IL FUT SENSIBLE.

— Oh!...

Il avait une âme, lui.

Vingt-ans et une âme, c'est la vie.

Être lui parut donc une source intarissable de
jouissances, un bazar de voluptés, où l'homme
n'a qu'à choisir, où chaque pas est un délice. —
Il était sensible.

L'inexpérience fait de la vie un rêve, et ce
rêve est toujours de la poésie. On ne lui avait jamais appris à connaître ni à mépriser Dieu. — Il
l'adorait. Dans une religion d'instinct, d'igno-
rance, il y avait pour lui la consolation de tous
les revers. Sous les allées sombres et odorantes,
dans les prés verdoyans et émaillés, sur les ro-
chers montueux et brûlans, partout il voyait la
main puissante et invisible, et son admiration

était la louange reconnaissante. — Il était sensible.

Un moment l'aurore de la vie se rembrunit à ses yeux. Celle qu'il aimait mourut. Il pleura tout un jour. Mais, comme il fut extrêmement touché des larmes de celle qui le voyait pleurer, le lendemain, il aimait celle-là. — Il était sensible.

Bon et généreux, il secourait de sa portion d'influence tous ceux qui y avaient recours, pour mériter leurs bienfaits, si un jour il en avait besoin. Il avait beaucoup d'amis. — Il était sensible.

Des idées de gloire, de renom, venaient parfois caresser son esprit, l'éblouir de leurs prestigieuses séductions. Mais la gloire est fatigante à acquérir; on peut vivre heureux sans elle; et pour essayer, il attendait qu'une fantaisie de femme lui dît : « Essaie. » — Il était sensible.

Des mille routes diverses qui sillonnent la vie, toutes lui semblaient conduire au bonheur, car dans chaque homme il voyait un frère, dans chaque femme un cœur ami. Et son oreille écoutant la vie, il lui sembla entendre comme une harmonie de fête et de plaisirs, le froissement de robes soyeuses, des rires de gaîté, des

applaudissemens, des poignées de mains d'hommes, des soupirs d'amantes.

POURQUOI IL FUT HAINEUX.

— Malédiction !...

Un jour, il se réveilla avec insouciance., sans
projets de plaisirs, sans illusions. Toute idée
d'avenir s'était évanouie. Et cependant, il n'était
pas malheureux ; mais ses facultés paraissaient
suspendues ; un obstacle puissant, inconnu,
qu'il fallait surmonter pour vivre, était jeté sur
sa route. Cet obstacle, — c'était une femme. Il
l'aimait éperdument.

Dès lors, il s'attacha à ses pas pour lui demander l'existence, pour parcourir avec elle cet
avenir délicieux de gazes et de fleurs. Il lui offrit sa vie entière, son âme toute de passion et
de dévouement, ses espérances d'orgueil ; enfin,
tout ce qui peut rendre une simple femme maîtresse d'une destinée, il le lui promit, la suppliant, les mains jointes, à genoux et les yeux
mouillés. Mais elle, qui ne l'aimait pas, elle ne
put le comprendre. Dans des protestations du
désespoir, elle ne vit que les formules ordinaires
du caprice : elle parla donc de ses devoirs d'é-

pouse. Ces mots lui révélèrent un ennemi dans
un homme et dans tout un système social. — Il
était haineux.

Il courut auprès de son ami, auprès du frère
que la nature lui avait donné pour recevoir et
consoler ses larmes. On le lui avait tué. Il comprit la vengeance et saisit son épée. — Il était
haineux.

Entouré de mécomptes et de déceptions, il se
prit à songer à cette religion, guide consolateur
de ses premières pensées...

Le rire du réprouvé contracta ses lèvres.

Afin de laisser son désespoir sans refuge, les
hommes lui avaient ravi jusqu'à cette superstition
bienfaisante de l'âme crédule. Pour lui, plus d'avenir, plus de rêves d'un bonheur promis, plus d'espoir possible ; mais toutes les tortures du doute et
la fureur de la réalité. — Il avait adoré Dieu, il
avait aimé les hommes, il comprit tout dans sa
haine.

Un seul culte, — le seul vrai, peut-être, —
soutenait encore son âme brisée. Celle qu'il aimait tant, puisqu'il l'aimait *seule*, pouvait dé-
tacher le crêpe lugubre qui l'entourait.

Elle ne le voulut point.

Lui dont le premier mot avait été la louange.

et qui, maintenant, parlait le blasphème, il dut
envisager autrement l'existence. Il fixa l'avenir
d'un œil sec...

Alors se présenta à lui la soif d'une âme vide :
les voluptés de la débauche et les nécessités de
l'ambition. Puis il lui sembla comme un vacarme
d'éclats féroces, d'épées brisées, de monnaie
fausse, d'artères sanglantes, des cris, des pleurs,
un échafaud, — puis LE NÉANT.

Ce rêve lui fit mal. Il s'en débarrassa.

Il avait vécu deux ans.

Deux Destinées.

Ils marchaient.

Du temps rapide à dépenser encore, tous deux faisaient un résumé d'amour, car l'exil allait les séparer.... et pour long-temps, peut-être.

Victime de son dévouement à une liberté ingrate, *lui* fuyait le Portugal, sa patrie, pour échapper au courroux de son souverain; et *elle*, étreignant tout un avenir avec le bras de son amant, elle écoutait, pensive, ses projets de combat contre l'adversité, puis ses rêves d'un bonheur lointain.

Ils marchaient, côtoyaient les rives escarpées du Tage, quand, tout-à-coup, la terre s'éboula sous leurs pas. Fernando, voyant plus de danger pour lui, abandonna promptement le bras de son amante, et, entraîné par une pente rapide, il allait disparaître sous les flots, après avoir été déchiré par les rocs, lorsqu'il rencontra dans sa chute un frêle arbuste qu'il embrassa, et à l'aide duquel il parvint à regagner le plateau.

Saisi de cet enthousiasme superstitieux qui s'empare de l'âme après un grand péril. « Isabelle, s'écria Fernando, écoute et respecte le vœu du banni. J'ignore quelle puissance m'impose cette bizarre croyance, mais une voix irrévocable me dit qu'à la destinée de cet arbre la mienne se trouve attachée désormais. Je cours à tous les dangers de l'exil, recueille donc cet arbuste, Isabelle, et songe que de tes soins pour lui doit dépendre mon sort... »

Le ton inspiré avec lequel Fernando prononça ces paroles, le miracle inattendu qui venait de le sauver, et la solennité du vaste spectacle de la nature, tout contribua à faire pour la jeune fille un devoir religieux de la superstition de son amant.

L'arbuste, déraciné, fut donc soigneusement transporté dans le parc de la famille d'Isabelle, pour contraster par sa simplicité chétive avec les riches troncs qui le décoraient. Et personne ne pouvait comprendre le motif d'un pareil caprice ; et la craintive Isabelle entourait toujours de ses soins protecteurs la plante mystérieuse qui, pour elle, germait l'amour.

...... Plus d'une année s'était écoulée depuis le départ de Fernando, et la tendresse de ses lettres si suaves, et la pousse robuste de l'arbre protecteur, consolidaient chez Isabelle l'idée de l'invisible lien qui semblait unir deux destinées si différentes entr'elles.

Cependant, par une belle matinée du mois d'août 1830, qu'Isabelle, fidèle à son pélerinage d'amour, venait visiter l'arbuste aux feuilles déjà naissantes, quel fut son effroi en trouvant une apparence de mort et de desséchement répandue sur toutes ses tiges! Inquiète, elle s'informe, elle questionne. Une balle de son jeune frère, le chasseur, avait atteint l'objet de sa tendre sollicitude, il dépérissait, car le plomb, en frappant, sa sève, avait à jamais suspendu pour lui tout principe de vie.

Vous qui connaissez le secret de la jeune fille, vous savez pour qui fut sa douleur, pour qui furent ses sanglots, que ses parens attribuaient avec étonnement à la perte d'un arbre vert. Cependant, lorsqu'elle réfléchit à un pareil malheur, pour la première fois la jeune fille se prit à être incrédule à ce qu'elle avait cru religieusement: pour la première fois, elle soupçonna le ridi-

cule d'une chimère, seul fruit de l'imagination
ébranlée; mais ce qui, surtout, lui faisait rompre le funeste lien, c'était une nouvelle lecture
des récentes lettres de Fernando, où celui-ci,
toujours fidèle, se plaisait à rapprocher aux yeux
de son amie le terme du lointain avenir qui pro-
mettait à tous deux le bonheur.

Ainsi, forte de sa raison, Isabelle repoussait
toute inquiétude sur le sort de Fernando, et,
faible de sa tendresse, elle appelait néanmoins
d'une amoureuse impatience l'époque fixée pour
recevoir un gage de souvenir....

..... Mais cette fois l'époque passa, même bien
outre, sans que Fernando répondît. Et, après
bien des journées de larmes, Isabelle apprit enfin
que le jour même où son arbuste avait été brisé,
Fernando tombait frappé d'une balle suisse,
dans Paris révolté, au cri de *liberté!* Car le
jeune Portugais avait fait des prodiges de valeur;
et le récit de sa gloire aurait pu consoler Isabelle, si l'on pouvait être consolable de la mort
ou de l'indifférence d'un être adoré.

Un Pacte.

Malgré lui forcé d'arriver
Au but que le sort lui destine ;
L'homme, je vais vous le prouver.
N'est lui-même qu'une machine.

P. de Kock.

I.

Il y a juste aujourd'hui six ans , jour pour jour, que le fait est arrivé.

Ils étaient deux amis , mais amis véritables. Nés presqu'à la même heure , élevés ensemble , unis d'une tendresse augmentée par un malheur commun , ils n'avaient qu'un seul cœur à deux. Ils s'aimaient depuis le premier jour de la vie ; ils devaient s'aimer jusqu'à celui de la mort.

Tous deux sans fortune , mais doués d'une âme ambitieuse, supportaient l'existence de Paris comme un fardeau appesanti par le dégoût et l'envie qui sautent après un ardent cœur d'homme , quand il n'entrevoit la fortune que pour être humilié par elle ; quand il passe des nuits longues et agonisantes à l'invoquer vainement ; et que, — pour lui, — la vie semble ne devoir être qu'un cauchemar, lorsque, pour d'autres, elle est une coupe intarissable de volupté...

C'était par une soirée fort avancée du printemps. On eût pu croire au bonheur de la nature entière : la nuit était calme, l'air pur, le ciel argenté.

Et cependant les deux amis avaient quitté leur demeure, car jusqu'au suave espoir d'un amour de femme l'avait abandonnée. Mornes, abattus, ils erraient en silence.

Tout-à-coup ils s'arrêtèrent.

Un terrain humide avertissait deux hommes de la présence d'un élément que leur nature ne peut braver. — Ils étaient arrivés sur les bords de la Seine.

Tous deux fixèrent cette masse d'eau trompeuse qui semble refléter la séduisante image d'un repos éternel ; tandis que, plus sincères du moins, les mers orageuses effraient et repoussent par le seul spectacle de leur calme fougueux.

Après avoir long-temps considéré le cours de l'eau, les deux amis se regardèrent...

— Non ! dit Ferdinand. Cette terre qui nous repousse, quittons-là ; mais cette vague infernale qui semble nous humer, brisons-là par notre courage ! Qu'un dernier effort la rende pour nous un instrument de fortune ou de destruction... ; mais qu'il ne soit pas dit que deux êtres vraiment dignes de bonheur se soient laissés abattre par le destin, — cet invisible bourreau, qui se lasse parfois quand on veut bien le combattre... — Partons, Édouard. La terre étrangère peut nous être propice. Une voix secrète me dit que la fatalité nous poursuit ensemble... Sacrifions-nous l'un à l'autre. Séparons-nous ! Si elle doit frapper, elle n'en frappera qu'un seul... Puisse celui-là n'être pas toi !... — Adieu. Tu ne me reverras plus.

— Arrête ! s'écria Édouard.

Et la voix déchirante ramena Ferdinand qui fuyait.

— Ton courage fait pâlir ma faiblesse, lui dit son ami. Non, nous ne devons point périr. Cependant qui m'aidera à supporter la vie sans Albertine, si mon ami, si toi, m'abandonnes aussi !!

— Est-ce que moi je ne quitte pas Juliette !

murmura Ferdinand d'une voix sombre. Ne vois-tu pas que l'espoir de soudoyer un jour la sensibilité de sa famille avec de l'or, est le dernier jalon auquel je me cramponne! Car elle m'aime Juliette! Livide ou dorée, ma main est celle qu'elle préfère. Elle me l'a dit! — Ainsi, Édouard, que le même motif nous soutienne. Mais, de grâce, séparons-nous. Évitons à notre tendresse le pénible spectacle d'efforts désespérés qui peuvent nous engloutir tous deux.

—Eh bien! dit Ferdinand, de l'air d'un homme qui sort d'un long rêve, je suis résigné à suivre ta cruelle volonté! — Il faudra donc nous quitter... nous, pour qui tout devait être commun! Alors, qu'un dernier acte d'amitié soutienne nos courages. Jurons que celui de nous qui survivra à l'autre, héritera seul de tous les biens qu'il aurait pu acquérir.

Un acte pardevant notaire établit la volonté mutuelle des deux amis. Leurs cœurs se léguaient l'espérance : l'acte stipula que la fortune du premier mort appartiendrait à celui qui présenterait en entier un double anneau, dont Édouard et Ferdinand se mirent chacun une moitié au doigt.

À huit jours de là, Ferdinand voguait vers l'Amérique.

II.

— «Oh! mon ami, quelle belle journée se prépare ce matin.» — Disait une femme jeune et gracieuse, en enlaçant de ses bras amoureux le cou de son mari. — Il y a long-temps que nous n'avons fait dans la campagne de ces promenades solitaires que tu aimes tant. Nous ne laisserons point échapper cette délicieuse occasion. Oh non! Je t'en prie!

Et à cette rosée d'amour, qu'un amant eût accueillie par des baisers, l'époux répondit par une larme.

Une larme d'homme, c'est la goutte de sang d'un cœur entr'ouvert.

— Dieu! Qu'as-tu donc, mon ami? s'écria Albertine épouvantée.

— C'est aujourd'hui un triste anniversaire, répondit tristement Édouard. Il y a cinq ans que Ferdinand me quitta pour la première fois, jamais depuis je n'ai eu de ses nouvelles, et je commence à craindre de ne plus le revoir.

Albertine comprit le chagrin de son mari. La tendresse d'une amante ne pouvait rien contre

pareille douleur, les caresses de l'enfance devaient seules la calmer : elle prit sa fille au ber-
ceau et la déposa sur le sein de son père.

Cette journée, que la jeune femme avait es-
péré devoir être toute de plaisir, cette journée
fut triste comme un deuil de cœur. Elle allait
finir, et déjà le soleil descendait lentement derrière les clochers, lorsqu'un inconnu, qui demandait à parler à Édouard, fut introduit.

C'était Ferdinand.

Sa figure était hâve, sur son front on lisait
une énergie brisée, ses vêtemens n'annonçaient
point l'opulence, mais c'était Ferdinand, et
Édouard le tenait tendrement pressé contre
lui.

A ces premiers épanchemens succédèrent bientôt les rapides questions d'une amitié inquiète.

Après d'inutiles efforts, Ferdinand revenait
comme il était parti. — Pauvre.

— Oh non! lui dit Édouard, car sans être riche, je suis heureux, moi, et tu ne manqueras
point à ton serment. Cette bague que je vois
briller à ton doigt, te rappellera que tout entre nous est commun; embrasse-moi encore,
et ne nous séparons plus.

— J'ai donc retrouvé mon ami ! s'écria Ferdinand en proie à une violente émotion. — Pardonne un stratagème inutile. Tu devais me revoir riche, ou ne me revoir jamais... Eh bien, nous sommes millionnaire ! Cette fatalité qui semblait nous poursuivre, comme toi j'ai su la vaincre. Les résultats ont dépassé toutes nos espérances ; enfin, cher Édouard, le même notaire qui, il y a cinq ans, légalisa notre fraternité, vient de recevoir, il y a deux heures, la somme de onze cent mille francs.

Un pareil discours avait toute l'apparence d'un songe. Aussi, les physionomies de ceux qui l'écoutaient exprimèrent-elles le doute du réveil, jusqu'à ce que de nouvelles accolades, générales cette fois, vinssent en attester l'heureuse réalité.

— Édouard, reprit Ferdinand, j'ai de longs détails à te raconter, tu en dois également à mon impatience ; mais un sentiment de reconnaissance superstitieuse m'a toujours fait désirer dire et entendre ces précieuses révélations sur ces mêmes rivages, jadis témoins de notre désespoir.

Qu'elle dût être naïve et sincère la joie de ces jeunes hommes, ne s'entretenant de l'avenir que pour en régler le bonheur, ne se rappelant

la détresse passée que pour apprécier le présent,
et qui, dans leur délire, prodiguaient maintenant à la vague insensible des paroles d'amour,
des baisers reconnaissans !

Enfin un moment de silence, le premier depuis que les deux amis s'étaient revus, s'établit,
et Ferdinand le rompit d'une voix mal assurée
pour demander des nouvelles de Juliette...

Édouard pâlit.

— Tiens, serait-elle morte ? dit Ferdinand du
ton le plus calme.

— Pour toi, oui. — Elle est mariée.

Édouard achevait à peine le fatal aveu, qu'il
n'avait plus d'ami...

Ferdinand s'était précipité dans les flots.

Alors la vague indifférente bondit trois fois
joyeuse, et ses longs frétillemens semblaient
l'affreux sourire de la Fatalité harponnant enfin sa proie. — Elle ne la lâcha plus, car jamais
le corps de Ferdinand ne put être retrouvé.

III.

— Ah ça, mais ce coquin de notaire gardera
donc les onze cent mille francs pour lui? dit un
jeune convive, qui, pour distraire la douleur

d'Édouard, était venu avec trois compagnons partager son dîner. Puis, sur cette apostrophe, il entama un énorme brochet qu'il était chargé de servir.

—Comment veux-tu faire ? répondit Édouard; l'acte stipule bien positivement que le légataire devra représenter les deux moitiés d'anneau.

— Mais puisqu'une moitié de cet anneau est dans la Seine...

—Oh ! mes amis ! s'écrie tout-à-coup l'écuyer tranchant, ce brochet contient un corps étranger... Je sens quelque chose de singulièrement dur résister à la truelle...

A ces mots, tout le monde se lève d'un mouvement spontané...

— C'était l'anneau ?

— Non. C'était une arête, mais une arête longue comme le doigt.

Une Nuit de ma vie.

—◦◦◦—

Donnez-moi seulement un clair de lune, un grand
nuage, un étang, et j'aurai de la poésie, non plein
mon encrier, mais plein l'âme.

A. AUDIBERT.

Je hais les hommes, parce que je les sais mé-
chans.

Je crains les femmes, parce que toutes ont
l'abord suave comme la seule que je n'ai point
fuie, — et celle-là m'a trompé !

Je hais le jour, parce qu'incessamment il ramène sous mes yeux ces objets de mon aver-
sion ; mais j'aime la nuit, la nuit, calme ou orageuse : — calme, personne ne voit mon extase ;
orageuse, personne ne rit de ma terreur.

Je supporte donc le jour comme un combat
inévitable dont la nuit est le repos. — Non ce
repos brut et insensible, comme celui de tous
les êtres ; mais un délassement bienfaisant, une

volupté contemplative , un charme connu de
moi seul.

J'ai parcouru toutes les routes, étudié tous
les sites. Car je me suis assis sur des pics gigantesques, j'ai rêvé sur les torrens et sur les abîmes,
j'ai parcouru des forêts vierges , gravi des mons
infréquentés ; je me suis balancé sur des préci-
pices sans bords et sur des cascades écumantes,
j'ai analysé bien des nuages , admiré bien des
ciels , et cependant la nature , toujours chan-
geante dans ses aspects, variée dans ses détails,
n'a offert nulle part le même spectacle à mes
opiniâtres investigations.

Quel est le fruit de la civilisation qui récompense d'un pareil charme l'esprit blasé de ses
troupeaux de victimes ?

Que de jours maudits ! — Moi , une seule nuit
de ma vie m'a laissé un souvenir pénible.

De retour de mes courses lointaines, je venais
de rentrer en France , et j'avais fait halte quelque temps dans une des riantes vallées qui bor-
dent le Rhône. Suivant ma nature subversive ,
je venais fidèlement admirer ces rivages pittoresques , seulement quand les ombres nocturnes
les enveloppaient de leurs mystérieux contours,
et je fuyais dans ma retraite sitôt après avoir sa-

lué d'une pensée religieuse l'apparition si imposante d'un premier rayon du soleil.

C'était par une belle nuit d'automne. L'air
était pur et muet. La lune, brillante, se balançait en reine au milieu de quelques nuages,
derrière lesquels elle demeurait par instans, pour
reparaître avec plus d'éclat et improviser sur la
terre les fantastiques effets de sa vive clarté.

Je m'assis sur un petit tertre de gazon.

— Heureux, puisque j'étais seul, je jouissais
délicieusement de ma vie isolée au milieu des
hommes. Je pensais à ma religion, à moi, à mes
affections égoïstes, au bonheur que je m'étais
créé, enfin au singulier sort qui, m'ayant jeté
orphelin sur la terre, me faisait vivre toujours
orphelin.

Plusieurs fois déjà l'ombre d'un peuplier, rapidement projetée devant moi par les jeux capricieux de la lune, avait interrompu le cours de
mes rêveries. — De semblables accidens étaient
le terme ordinaire de mes douces méditations.
— Il y a du délice dans l'angoisse enfantée par
une fausse terreur; je recueillis donc une idée
sinistre dont j'épuisai tout l'horrible en lui ap-
pliquant les formes bizarres et gigantesques que
les nuages dessinent au regard.

Effrayé moi-même par mon imagination, je baissai les yeux vers la terre pour arrêter un long frisson qui m'enveloppait déjà... Je jetai un épouvantable cri : —

Un homme, debout et immobile devant moi, me fixait de la puissance d'un regard qui n'avait rien d'humain.

—Est-ce que tu souffres aussi, toi? me demanda le vieillard d'une voix douce, — car la première surprise passée, je vis un vieux et inoffensif débris d'homme, contre lequel paraissaient s'être heurtés de violens revers. Une tête nue et d'une incroyable expression sortait seule, imposante, d'un long amas de lambeaux.

— Que me veux-tu, lui dis-je?

— Je veux prier, répondit le vieux homme. Tu es assis sur le tombeau de mon fils, et j'attends que tu aies achevé ta prière pour pleurer où il repose.

Saisi de vénération, je quittai ma place aussitôt.

— Veux-tu pleurer avec moi? me demanda le vieillard en me fixant d'un regard suppliant. Cela fera du bien à mon pauvre enfant. — Il ne connaît pas ma voix. — Ils l'ont enseveli sans que jamais je l'aie vu. — Prie aujourd'hui pour

moi. — Puis, éclatant tout-à-coup d'un affreux
rire, le vieux homme se mit à agiter ses haill-
lons en signe de joie.

Il était fou.

Je reculai épouvanté ; mais son air redevenant
suppliant, je demeurai immobile, soumis invo-
lontairement à la magique influence qu'exerçait
sur moi mon étrange compagnon. — Alors il
s'approcha. Sa main décharnée s'appesantit sur
ma tête, et caressa, l'une après l'autre, les boucles de mes cheveux.

C'eût été un spectacle bien amusant pour les
humains, que de voir ainsi, dans cette effrayante
nuit, entourés d'ombre et de silence, deux de
leurs semblables se débattant sous les angoisses
des deux plus terribles maux : — la folie et la
peur.

— Voilà comme il serait, disait le vieillard
avec des larmes, en considérant mon être trem-
blant. — De noirs cheveux, — un beau front,
— l'honneur de sa famille... — Et ils l'ont tué,
tué sans que j'aie pu légitimer son existence par
d'indulgentes caresses .—Viens prier, viens, me
dit, en m'entraînant, le vieillard qui sanglot-
tait. Je fis quelques pas, et mon corps ayant
fléchi, je tombai à genoux près de lui.

Alors, la douceur du repos après de longs efforts vint engourdir tous mes membres, le bruit monotone des prières basses du vieillard m'assoupit, je fermai les yeux, je m'endormis profondément.

Quand je m'éveillai, il faisait grand jour : mon premier mouvement fut une curiosité vive pour mon compagnon. Je regardais à mes côtés, il n'y était plus. — J'appelai, point de réponse. — Je le cherchai jusqu'à la nuit; la nuit suivante, je ne quittai point le tertre; — aucun vestige.

Cependant ce n'était point un rêve. Le souvenir des plus violentes émotions me rappelait chacune des circonstances de notre entrevue. Je questionnai aux alentours sur le vieillard de la vallée, sur la tombe de son enfant; personne ne parut me comprendre. — J'insistai, on me rit au nez.

Pendant un long séjour, je revins chaque nuit questionner le tertre mystérieux; jamais je ne pus obtenir le moindre éclaircissement à ce sujet.

Depuis, j'ai raconté cette singulière aventure à quelques personnes.

Un jour, une lettre anonyme m'annonça que le vieillard était mon père.

Ainsi, ou je dois ma naissance à une série de crimes; ou l'avis anonyme est une atroce lâcheté.

Et quand on pense que l'un ou l'autre cas est une des habitudes de l'humanité!.?.... — Horreur !

V.

Moeurs ecclésiastiques.

＊

ENTRÉE AU COUVENT.
SCÈNES DE MISSIONS.
DOMINE SALVUM FAC REGEM.

＊

Entrée au Couvent.

———◦◦◦———

Sophie de S*** paraissait, depuis plusieurs
mois, rêveuse et triste : le monde lui était à
charge, les distractions importunes, les plaisirs
odieux; sa famille entière recherchait avec inquiétude quelle pouvait être la cause de cette
disposition mélancolique et sombre.

M. de S***, conseiller de préfecture à C.,
avait autorisé, depuis quelque temps, les visites du jeune Amédée de P***, avocat distingué,
qui, séduit par les grâces naïves et les qualités
aimables de Sophie, avait laissé entrevoir le désir d'entrer dans une famille déjà disposée à le
recevoir avec empressement. Sophie s'était plu
jusqu'alors dans la compagnie d'Amédée, mais
bientôt elle l'évita avec plus de soin que tous les
autres.

D'où pouvait venir ce changement subit et
complet de toutes les inclinations de la jeune

fille? Elle était adorée dans sa famille, recherchée dans le monde, aimée de tous ceux qui la
connaissaient : belle, spirituelle, douée de
toutes les qualités qu'on estime dans une femme,
elle n'avait qu'à se présenter pour plaire ; elle
ne comptait que des succès obtenus dans les
réunions de C***.

Un matin que M. de S*** était livré à ses travaux habituels, un domestique se présente et
lui annonce que sa fille demande à lui parler.
« Ma fille! s'écrie M. de S***, pourquoi tant de
façons, quel soin de se faire annoncer? Qu'elle
vienne. » Et il attendit avec anxiété l'issue de
cette visite préparée avec tant de solemnité.

Au bout de quelques instants, la porte s'ouvre :
Sophie entre, pâle, le visage couvert de toutes
les traces d'une longue insomnie, la démarche
chancelante. « Que veux-tu me dire, mon enfant, lui dit M. de S*** en souriant, sais-tu
que je ne conçois rien à toutes ces cérémonies? »
Sophie resta impassible : « Mon père, reprit-elle,
j'ai arrêté une résolution grave, imposante,
irrévocable. Ma volonté est ferme et inébranlable, et je viens vous en faire part : Dieu m'appelle à lui, je dois me consacrer à son service ;
j'ai promis de lui donner le reste de ma vie,

et dans huit jours j'entre au couvent de sainte
Thérèse. J'ai voulu vous instruire d'un projet
qui va me séparer de vous, et réclamer vos
derniers avis avant de vous quitter. »

Il serait impossible d'exprimer tout ce que
M. de S*** éprouva en entendant cette déclaration dure et absolue. Le projet de sa fille le pé-
nétrait de douleur, et la manière dont elle venait l'en informer lui serrait le cœur et le remplissait presque d'indignation. Ses reproches,
ses représentations, où, tour-à-tour, il fit parler
la tendresse et l'autorité, ses larmes, ses ordres,
tout fut inutile. La malheureuse fille était do-
minée par une influence qu'elle ne pouvait vaincre elle-même et resta sourde à tous les discours de M. de S***. Il lui demanda au moins
d'attendre encore quelque temps : il espérait
que de plus sérieuses réflexions pourraient la
ramener à sa famille : il se trompait.

Le terme expiré, Sophie déclara qu'elle per-
sistait dans son désir, et vint elle-même annoncer le jour de son départ. M. de S*** refusa
de la voir et resta enfermé plusieurs jours dans
son cabinet et sans y recevoir personne.

Enfin, le jour marqué est arrivé; une voiture
s'est arrêtée devant la maison. Il était midi : la

famille se trouvait réunie dans un salon, excepté le malheureux père toujours plongé dans
sa douleur solitaire. Amédée y était. Sophie entre, son costume est simple et annonce les préparatifs du départ. « Madame, dit-elle en s'avançant vers sa mère, je viens vous faire mes adieux;
c'est un devoir que je remplis envers ma famille,
avant de la quitter pour toujours. » A ces mots,
elle embrasse froidement sa mère, adresse un
salut à une vieille tante qui se trouvait dans un
coin de l'appartement, et, sans daigner regarder le jeune Amédée, elle sort sans émotion,
comme heureuse de s'être délivrée de ce dernier soin.

Quelle froideur! quelle insensibilité! combien tous les cœurs étaient serrés. Il semblait
que ce fût un de ces rêves cruels qui viennent
nous désoler pendant le repos d'une nuit d'hiver. Un long silence régna dans la chambre et
personne n'osait le rompre.

Cependant, que faisait le pauvre père pendant cette scène affreuse? Il avait entendu venir la voiture, il savait qu'elle allait le séparer
d'une fille chérie; placé derrière le rideau, il la
considérait d'un œil morne, et, quoiqu'il eût
refusé de voir sa fille, il espérait qu'elle contre-

viendrait à sa défense et ne voudrait point partir sans le voir ; il s'est trompé, il aperçoit la portière qui s'ouvre et deux femmes qui montent, le cocher fouette ses chevaux..... Mais la rigueur d'un père ne peut tenir contre une pareille douleur ; il a franchi les degrés de l'escalier, il court dans la rue...... Sophie, Sophie, s'écrie-t-il d'une voix altérée : il la presse dans ses bras, il l'embrasse encore une fois ; un instant elle parut émue, mais la femme qui l'accompagnait lui jeta un regard sévère, et elle se borna à dire froidement : « Adieu, mon père, le ciel l'ordonne, nous nous reverrons là-haut. »

Il y a bien long-temps qu'on m'a rapporté cette aventure : elle est restée gravée dans ma mémoire. Pourquoi faut-il que des résolutions pures en elles-mêmes entraînent à des actes aussi cruels ? M. de S*** est descendu au tombeau ; mais sa fille vit encore : fasse le ciel qu'au milieu des nouveaux liens qu'elle s'est imposés, elle n'ait jamais regretté les douceurs du foyer domestique, les embrassemens de sa famille, et cette paix d'une conscience heureuse qui sait allier les légèretés du monde avec les devoirs de la religion.

Scènes de Missions.

Des ermites de toutes les couleurs et de toutes les robes, ont été étudier les mœurs de toutes les classes, sur tous les points de notre sphé-
roïde ; et pas un encore n'a entrepris une tâche
toute pittoresque, celle de suivre les ecclésias-
tiques d'aujourd'hui dans l'exercice de leur spi-
ritualisme, et principalement les missionnaires,
ces commis-voyageurs de la congrégation, pour
en rapporter les faits et gestes les plus sail-
lans, par manière de morale biographique.
Oui, leurs faits et gestes seulement, car les
faits constituent l'homme ; et non les réflexions
qu'ils inspirent, car alors, c'est passer de la réalité à l'hypothèse.

Nous ne sommes point de ces êtres systéma-
tiques qui appliquent un rêve à toute une généralité d'individus ; comme ce cerveau à compar-
timens, par exemple, qui, nouveau Gall de

l'Angleterre, vient récemment de classer, par professions, l'extérieur crânologique, et veut que tous les épiciers aient la tête faite en pain de sucre, les chaudronniers en bassinoires, etc., etc.

Nous n'assignerons donc point une physionomie particulière à la soutane ; on y trouve des nez pointus, beaux, vilains, corbins, des faces blêmes et rubicondes, et si l'on voulait soutenir qu'une figure pâle, fatiguée par les veilles et le jeûne la caractérisât plus particulièrement, les joues fraîchement rebondies de feu le respectable évêque de Beauvais, et *tutti quanti*, seraient la preuve du contraire.

Il n'est guère possible non plus d'assigner à la gent orthodoxe, un genre de caractère spécialement déterminé. Chacun de ses membres peut différemment interpréter les dogmes de sa conduite. Ainsi, l'un recevra, par charité, une brutale correction, tandis que l'autre mettra militairement l'épée à la main pour défendre un gigot de mouton ; et l'on a vu même, il y a peu de jours, deux champions à soutane, pris de querelle, la vider bravement à coups de pincettes et de chandelier, à défaut d'armes plus régulières.

Non, l'on ne peut sagement approprier une qualité particulière à toute une généralité d'individus. Si l'on trouve un Fénélon, un Saint-Vincent-de-Paule, on peut citer aussi un Mingrat, un Contrafatto, un Fraylet. Ce sont donc des faits seuls, des faits seulement qui doivent constituer un article d'études morales, comme celui que nous consacrons à la soutane contemporaine.

Et d'abord, par un beau jour de Marseille, sans qu'il eût plu la veille, ni même qu'il plût le lendemain, on voit arriver dans l'ancienne Phocée, une bande de capucins à faces presque humaines, la corde au cou et l'air piteux. Soupçons, trouble, conjectures, tout était permis d'après un pareil costume. Qui sont-ils? D'où viennent-ils? Où vont-ils? Grande était l'indécision; mais ils montèrent en chaire, et entre autres belles choses, on entendit celles-ci : « Fuyez
» les femmes, mes chers auditeurs, elles ont
» la fureur d'une mégère, la colère d'une
» hyène, la voracité d'une louve, l'avarice d'une
» harpie, la ruse d'un renard, la défiance de
» Cerbère, la malice de Proserpine et autres
» qualités diaboliques. »

Un second, faisant de la mythologie, comme

M. Marle de l'orthographe, avança que : « Vé-
» nus n'était qu'une *libérale* ; car, disait-il, li-
» bertine ou libérale, c'est tout un ! »

Un troisième, conséquent, au moins autant
que Syriès, assura : « Que Dieu était plus grand
» que tous les monarques, et qu'un prêtre re-
» présentant Dieu sur terre, il était plus que qui
» que ce soit, plus que le souverain lui-même ! »
Et comme à l'œuvre on connaît l'ouvrier, on
présupposa dès-lors que ce pourrait être des
missionnaires. Puis, comme ils établirent des
abonnemens spirituels, dont le produit pour
eux fut de 30,000 fr., ce qui, joint à 10,000
autres que rapportèrent les chapelets bénis,
composa un petit bénéfice de 40,000 fr. préle-
vés sur la ferveur publique, on vit que c'é-
taient bien réellement des missionnaires.

En 1828, le fameux abbé Janson passe par
Smyrne, en revenant de la Terre-Sainte, où il
semblait avoir été chercher un aliment nouveau
à la sombre et sauvage irritation puisée dans les
remords de ses premières débauches. Il y trouve
les différentes sectes chrétiennes, catholique et
protestante, vivant paisiblement entre elles. Il
se précipite en chaire, et bientôt tout Smyrne
est embrasé du feu de la discorde.

Un jeune protestant suisse descend dans la lice de la controverse, aussitôt le missionnaire Janson menace de la damnation éternelle quiconque aura des rapports avec les hérétiques. Enfin, le résultat de sa charitable homélie est une tentative d'un Séïde catholique, qui, au sortir du sermon, vient pour massacrer le jeune controversiste.

Ce n'est là qu'une scène. Mais quand Janson quitte Smyrne, cette Smyrne naguère paisible et tranquille, c'est la laissant déchirée par les haines mutuelles de ses enfans, en proie à leurs rages intestines, au désespoir de plusieurs familles privées de mères ou d'épouses chéries. Car, abusées par des paroles de trouble et de désolation, plusieurs quittèrent des maris grecs ou protestans, qui pendant long-temps avaient su faire leur bonheur.

Rentré en France, l'abbé Janson ne peut priver l'Église de sa faconde si puissante pour le triomphe de la religion. Il parcourt nos départemens, et là, ne dédaignant pas l'usage de ces petits artifices qui font très-bien partout, il s'y fait suivre par un aide-de-camp théologal, sapeur retraité, aux cheveux rouges, aux formes athlétiques, à l'air rébarbatif, enfin très-proprement convenable à ses fonctions auprès du missionnaire, qui lui ont mérité le surnom, passé en proverbe, de *sapeur de l'abbé Janson*.

Voici ce qu'avait à faire le champion barbu, pour le service de Dieu : dans chaque ville où il prêchait, l'abbé Janson prononçait un très-joli sermon sur les immenses et irrécusables avantages attachés à la religion catholique. Il prouvait comme quoi point de salut n'est possible sans professer le catholicisme, ce qui ne tiendrait à rien moins qu'à faire damner les 918 millions d'humains qui aujourd'hui sur terre n'en font point partie, mais ce qui est parfaitement égal, parce que c'est très-dramatique; et au moment le plus pathétique de son discours, pendant que l'auditoire plaignait intérieurement, de toutes ses forces de chrétien catholique, ceux qui ne l'étaient pas, alors parmi les assistans, se levait un homme à la taille haute, aux cheveux rouges, mahométan, juif ou protestant, suivant le quartier de lune et la localité. Subitement converti par l'éloquence du prédicateur, il demandait sur-le-champ le baptème, pour faire partie des élus. Alors la plus noble cérémonie de notre religion, le baptème était impitoyablement travesti, et servi comme une bavaroise chez Tortoni; notre dissident était déclaré chrétien, et deux louis le confirmant dans ses sentimens religieux, le sapeur renouvelait la cérémonie chrétienne le plus souvent possible, ce qui lui faisait un petit revenu, au moyen duquel il vivait fort chrétiennement.

Ce n'est pas petite affaire à un apôtre que de trouver un moyen un peu propre pour opérer un effet brillant sur la foule, qui la frappe et l'entraîne, comme un finale de Rossini, ou une tirade de Belmontet. Parfois, il faut payer de sa personne. C'est ce qu'on a vu faire à un courageux curé animé d'un vrai zèle. Un jour, il fait suspendre deux rideaux au-dessus de sa chaire. Cet appareil inaccoutumé surprit un peu les bons paroissiens. Ils attendaient avec une religieuse impatience ce qui s'allait passer, quand le curé monte en chaire, leur reproche leur peu d'assiduité, leur dit que s'il est indigne de leur confiance, il va les quitter, puis s'écrie, comme le héros de Molière :

Oui, mes frères, je suis un méchant, un coupable,
Un malheureux pécheur tout plein d'iniquité.....

Après quoi, il ferme les rideaux, sans dire si la farce est jouée, laissant son auditoire tout

étonné. Interprète de la stupéfaction générale,
le maître d'école franchit les degrés de la tribune évangélique..... O surprise! ô pouvoir
de la religion! il trouve M. le curé qui avait
transformé sa chaire en cabinet de toilette;
M. le curé, en petit Saint-Jean, s'administrant
de vigoureux coups de discipline, accompagnés
de vigoureux gémissemens!

La controverse a aussi son genre de mérite :
il est un moyen comme tant d'autres, exploité
souvent avec succès. D'abord, on choisit un incrédule assez spirituel pour retenir, mais pas
trop pour comprendre; il est préalablement
éduqué dans des conférences secrètes, exami-
né ensuite, et après plusieurs essais, il est lancé
en public, quand il est arrivé au point d'idio-
tisme suffisant pour faire ressortir l'éloquence
persuasive de celui appelé à le *convaincre*. C'est
ce qui fait qu'un jour, que moi, peu malin par
nature, assistant à une de ces représentations,
je fis observer à l'aumônier qui m'y avait amené,
que l'*incrédule* me paraissait peu solide, et que
tel argument placé dans sa bouche embarrasse-
rait fort son adversaire. A quoi il me fut judicieusement répondu que : « pour la moralité en
» général, et la gloire en particulier, jamais on

» ne *choisissait* en conférence d'embarrassan-
» tes questions... »

Comme de semblables ressorts sont depuis
long-temps bien usés, l'abbé Guyon, congréga-
niste célèbre, les a simplifiés admirablement,
dans une mémorable circonstance où il les mit
à la portée de tout le monde. Se trouvant à Lu-
nel, devant une assemblée nombreuse, il ne
put laisser échapper si belle occasion d'établir
une de ces petites controverses au dialogue animé, aux argumens irrésistibles, d'un si bel effet
sur les masses. Mais comment faire? Pas le
moindre petit incrédule tant soit peu dressé sous
la main !... Envoyer chercher celui de la troupe?
impossible; l'assemblée ne voudrait peut-être
pas l'attendre. Et puis d'ailleurs, la conversion
a beaucoup donné depuis quelques jours, le
converti se repose.... Tout-à-coup une idée lu-
mineuse, une idée d'en haut vient tirer l'abbé
Guyon de sa pénible incertitude. Il y aura une
représentation de controverse... et une brillante encore! Voltaire et Rousseau en scène! —
Mais l'un et l'autre sont morts, dit-on... C'est
égal, l'abbé les fera revivre, moins lurons et
plus traitables même! — Pour ce, il ôte sa calotte..., il la place sur sa chaire..., puis, dans

un beau mouvement de sublimité oratoire, il
s'écrie : — « Voyons, Rousseau, impie Rous-
» seau, athée Rousseau, philosophe Rousseau,
» Jean-Jacques Rousseau, voyons, si je te po-
» sais telle question, qu'y répondrais-tu ? » Et
comme la calotte s'obstinait à ne répondre rien :
— « Voyez, fidèles, voyez comme l'impie reste
» confondu devant la parole de religion et de
» vérité ! » — Alors, il remet sa calotte.

Ensuite, la replaçant sur la chaire, il reprend : — « Et toi, Voltaire, toi, le grand
» idole des infidèles, que répondrais-tu, toi ?
» — Comme tu as plus de malin esprit, tu ré-
» pondrais ceci, ceci, ceci..., mais moi je t'ob-
» jecterai cela, cela, cela...En vain tu prétendrais
» répliquer par ceci, ceci, ceci...; moi, je te
» convaincrai par cela, cela, cela. » — A si
forts argumens, la colotte ne soufflant plus mot,
l'abbé Guyon se recalotta, non sans avoir vanté
l'efficacité de la parole divine, par le secours de
laquelle il venait de confondre publiquement
ses deux plus grands ennemis.

Oh ! que l'abbé Guyon aurait dû s'adjoindre
cet avocat qui ne plaidait jamais que chez lui,
devant une tête à perruque, et qui, s'interrompant dans ses velléités d'éloquence, criait

à sa femme et à sa cuisinière : Huissier! *faites
donc faire silence !*

Voilà, on en conviendra, un moyen persuasif à la portée de toutes les classes et de
toutes les fortunes, tant pour sa commo-
dité que pour sa simplification laborieuse. Eh
bien ! d'autres commis-vóyageurs de la congrégation ne l'ont pas employé; peut-être
aussi, parce qu'ils le trouvaient trop facile
pour eux, pour eux qui n'ont pas craint de
risquer une controverse avec le diable en personne, corps et âme terriblement compromis!
Ainsi, l'un de ces grands controversistes et par
nature et par état, prêchant à Rouen contre les
incrédules, défia le démon lui-même de rétor-
quer ses argumens. Le jour commençait à bais-
ser, quand tout-à-coup, le diable apparaît dans
le coin le plus obscur de l'église, en costume
officiel, c'est-à-dire, avec cornes d'usage, pieds
crochus, et queue d'honnête dimension; du
reste, diable fort bien élevé, diable parlant le
français et marchant sur deux pattes comme le
curé. Une odeur fétide qui asphixie l'auditoire,
et une fumée qui l'aveugle l'empêchent de bien
voir, mais non pas d'entendre. Lucifer élève la
la voix, pour répondre aux argumens du prédi-

cateur, et bientôt une conférence en règle s'établit. Pour la plus grande gloire de Dieu et de
son champion, l'avantage resta à ce dernier,
qui, après avoir battu son adversaire, le fit disparaître en l'exorcisant. Il faut avouer, il est
vrai, que, de mémoire d'incrédule, jamais on
n'ouït diable raisonneur aussi niais.

Mais l'abbé Guyon, qui est un intrépide in-
novateur, qui passe pour le Mahmoud de la
mission, a encore trouvé le moyen de perfec-
tionner le mécanisme infernal. En 1829, se
trouvant à Angers, en concurrence avec l'ac-
teur Potier, dont les représentations rendaient
les siennes désertes, il employa un expédient
aussi neuf qu'efficace pour ramener les fidèles
au bercail. Un jour, qu'il analysait complaisam-
ment à ses auditeurs, par manière de récréa-
tion descriptive, tous les horribles tourmens qui
les martyriseraient là-bas, on le voit disparaître
dans sa chaire, y rester quelques instans à quatre pattes, puis se relevant, s'écrier tout-à-coup :
« J'en reviens de l'enfer... il est pavé de lan-
» gues de femmes... j'y ai vu Potier... » Les An-
gevins croyant religieusement tout ce qui sortait du moulin à paroles évangéliques, crurent
le pauvre Potier vraiment damné. Aussi, avant

de quitter Angers, Potier fit parvenir à l'abbé Guyon la lettre suivante, où cet excellent comédien (Potier bien entendu) se plaint d'avoir été traduit en chaire.

« Monsieur l'abbé, vous êtes le missionnaire de Dieu, dites-vous, et moi le missionnaire du diable. Le premier membre de cette phrase peut être contesté et le second n'est pas fort honnête. Mais passons. Vous ajoutez que vous venez de l'enfer et que vous m'y avez vu ! Que vous en arriviez, c'est possible ; mais que vous m'y ayez vu, c'est faux ; à moins que ce ne soit dans l'enfer des *Petites Danaïdes*. Quoiqu'il en soit, je ne pense pas que vous ayez le droit de me damner de votre autorité privée et d'effrayer ainsi ma famille, assez crédule peut-être pour ajouter foi à vos paroles.

» S'il est vrai, comme j'ai lu quelque part, que les révérends jésuites aient fait payer quinze sous aux ignorans qui venaient sur leurs théâtres, apprendre de mauvais latin dans les tragédies du père Berthelot et consorts, ce n'est pas une raison pour qu'aujourd'hui je traite avec vous, Monsieur, d'égal à égal : il n'y a rien de commun entre vous et moi. Ainsi l'a décidé la cour royale d'Angers, qui, après avoir refusé

de paraître dans votre procession , n'a pas craint
d'honorer de sa présence ma dernière représentation dans cette ville.

Je vous salue ,

POTIER. »

Néanmoins, de si louables efforts pour donner
une idée des agrémens si variés de l'enfer, sont
inefficaces et le seront toujours, tant qu'ils ne
naîtront que des efforts coupables de ces machinistes spirituels qui ne craignent pas de tra-
vestir une de nos croyances, et de l'exposer ma-
ladroitement au ridicule des masses , en nous
montrant l'enfer comme une décoration mélo-
dramatique , pourvu qu'ils y jouent le principal
rôle. C'est ce qu'a tenté avec succès l'abbé
Jeauffrin , alors à Besançon. Au milieu d'une
description infernale , rendue plus effrayante par le son de sa voix caverneuse , et la
contraction de sa figure maigre et décolorée , il
s'arrête... Toutes les lumières s'éteignent en
même temps... L'auditoire reste plongé dans le
silence, les ténèbres et la stupeur. Cet état
dure quelques minutes. — Tout-à-coup , il est
troublé par de bruyantes fanfares qui retentis-

14

sent dans l'église , par des pétards qui éclaten;
dans tous les coins , par les clameurs d'une foul(
terrifiée qui ébranle la voûte de ses cris d'effroi... Bientôt tout ce vacarme cesse , le calm(
et la clarté renaissent , et la chaire est occupé(
par un abbé à face rebondie , qui console par ur
discours sur les béatitudes du paradis. Mais, pou(
cette fois, tous les fidèles ne furent pas appelés ;
en jouir; la plupart avaient fui pendant la fan-
tasmagorie , et l'un d'eux fut trouvé mort à s(
place , mort de peur... et d'une indigestion.

Domine salvum fac regem.... Philippum.

———●◆●———

JUILLET 1830.

(Une sacristie.)

M. LE CURÉ.

Ah! mes frères! l'œuvre d'impiété s'accomplit. Il est arrivé, le temps des aberrations, des abominations, des désolations et des grincemens de dents... Je grince déjà, moi, d'abord. Vous savez que le *fils du régicide* a supprimé le traitement des cardinaux.....

CHOEUR *de chantres.*

Quelle horreur!

M. LE CURÉ.

Que le pauvre archevêque de Paris en est réduit à n'avoir plus que 50,000 fr. d'appointemens spirituels...

CHOEUR.

Le pauvre homme!... Quelle horreur!

M. LE CURÉ.

Cela est peu encore, mes frères, parce que, après tout, on peut gagner le Paradis à moins de 100,000 fr. par an; mais ce qui dépasse toutes les bornes du sacrilége, c'est une lettre que vient de m'adresser le préfet du département, et par laquelle ce suppôt de l'enfer me prévient que, dorénavant, il n'y a que les prêtres chantant le *Domine salvum fac regem Philippum*, qui toucheront leur salutaire.

CHOEUR.

Oh ! horreur des horreurs !

M. LE CURÉ.

Oui, mes frères. Aussi, avant l'office, j'ai voulu vous consulter pour savoir quel moyen catholique nous pouvons opposer aux impies.

UN GROS DIACRE, *bien gros.*

Mes frères, dans l'urgence des circonstances actuelles, nous devons faire preuve du courage

si nécessaire au maintien de notre dignité ; cependant, comme il n'y a pas de dignité possible
sans traitement quelconque, je propose que
nous nous renfermions dans la restriction mentale....

CHOEUR.

Renfermons-nous dans la restriction mentale.

UN GROS DIACRE, *encore plus gros que le précédent.*

Mes frères, au nom de Dieu ! de l'énergie pour
la gloire de l'église et de ses membres ; laissons
la restriction mentale, et choisissons comme bou-
clier contre nos persécuteurs la mutilation du
chant. Ainsi, chantons le *Domine salvum fac...*
et qu'ici chacun s'ingénie à estropier le *regem
Philippum*, de façon qu'il ressemble tout-à-fait
à *regem Carol...*

CHOEUR.

*Gringem huhuhum... Legem phiiicum... Ton-
taine Pompum...*

M. LE CURÉ.

Ah ! bien, mes chers frères, vertueux défen-
seurs de la religion outragée. Voilà la branche
de salut.

UN CHANTRE.

Mais, Messieurs, je ne vois point quelle nécessité nous engage à nous défigurer ainsi l'imaginative et la physionomie pour trouver et prononcer une consonnance différente de celle qui
nous est prescrite par le gouvernement du roi
Philippe. Ah! si le *regem* Charles X continuait
notre salaire, je comprendrais l'héroïsme. Mais,
comme, si nous perdons notre traitement par
obstination, personne ne nous le rendra par charité, je vous préviens, pour ma part, et je vous
engage à en faire autant pour la vôtre, que je
chante le *fac regem Philippum*, comme j'ai
chanté *fac le gouvernement provisoire*, et comme
je chanterai, s'il le faut plus tard, le *fac qui
que ce soit.*

Et il parut que l'opinion du chantre fit des
prosélytes; car, pendant l'office, le maire présent, et, à part quelques horribles contorsions
physionomiques, le chœur entonna franche-
ment et à haute voix le *Domine salvum fac* RE-
GEM PHILIPPUM.

VI.

Moeurs d'artistes.

❀

LE RIDEAU PAR SOUSCRIPTION.
UN REVERS DE PALETTE.
CHARGE D'ATELIER.

❀

Le Rideau par souscription.

―◦━◦━

Il arrive un matin, et trouve un homme dans le plus
absolu négligé, fumant au milieu d'une chambre où régnait un brouillard semblable à ceux de Londres dans
une matinée d'automne, et de plus, cet aimable désordre qui exige de mes amis une grande précaution
pour ne pas mettre le pied ici sur une gravure, là sur
un livre, ici sur une sphère, là sur un manteau.

Il est jeune et artiste : jugez quel sac à con-
tradictions humaines. Sans fortune encore,
mais ayant des parens riches, il se croit opulent.
Il consomme et eux paient : c'est dans l'ordre ;
et, comme il est naturellement généreux, il
n'épargne pas plus leur avoir que le sien... s'il
en avait. Il emprunte d'un côté et il prête d'un
autre. On ne lui rend pas, alors lui ne rem-
bourse jamais. Cependant la balance l'établit
débiteur, ce qui est une injustice du sort, et
les procureurs, les gendarmes civils, qui en
sont la preuve, le fatiguent parfois de leur morale incommode, jusqu'à ce qu'il écrive à ses

chers parens « qu'il a un tibia sur le marche-
pied de la *diligence du commerce*, allant de Paris à la rue de la Clé. »

On a des égards pour des parens qu'on aime.
Aussi, avant d'arriver à de telles extrémités,
doit-on employer d'abord tous les moyens honnêtes pour les éviter. C'est ce que ne manque
pas de faire notre gaillard, qui entend le sentiment comme Duclos entend le cynisme. A-t-il un
échec à réparer? Vite, il vend ses livres, son
mobilier, sa garderobe; le tailleur et le bottier
viennent lui prendre la mesure d'innombrables
habits et chaussures qu'il ne mettra jamais; et,
quand enfin les bons parens sont priés d'inter-
venir, c'est pour payer le triple ou le quadruple
de ce qu'il aurait fallu dès l'origine. — Mais ce
n'est pas de sa faute! le pauvre garçon n'aggrave
le mal que pour le bien, que par égard. Le sentiment l'étouffe!

Dans un de ces accès de suffocation morale,
il s'était retiré aux Champs-Élysées, cette Sibé-
rie de notre belle Lutèce. C'est vous dire qu'une
grande catastrophe et ses suites avaient précédé
l'exil. Le fait est qu'elle avait été terrible. Il
pâtissait de ses tristes effets; et, comme il n'a-
vait point de rideau à sa croisée, l'influence s'en

étendait jusque chez les locataires ses voisins.

Il avait contracté une habitude de garçon :
celle de se draper chez lui, pendant l'été, de la
manière la plus fraîchement commode. Bien
frisé, bien cravaté, bien botté, les fenêtres
toutes grandes ouvertes, mais sans l'apparence de culotte, il remplissait toutes les fonctions d'une vie de jeune homme. Fumant sa
pipe, lisant son roman, pinçant de la guitare,
prenant l'air, gesticulant sa leçon d'armes, c'é-
tait toujours croisée ouverte et sans rideau, c'est-
à-dire, à peu près tout comme s'il se fût livré,
en costume de jaconat, à ses exercices gymnas-
tico-champêtres, chez chacun des nombreux
voisins habitant la maison qui faisait face à la
sienne.

Aussi, depuis son arrivée au paisible séjour,
était-ce grand scandale dans tout le quartier.
L'écho jadis muet de l'allée des Veuves retentis-
sait maintenant des plaintes qu'excitait la tenue
légère du troubadour sans-culotte. — Le mauvais exemple excite la curiosité. Tout le jour,
les maris-façades couraient aux carreaux, pour
en arracher leurs moitiés. Déjà le portier, ambassadeur impromptu, avait été chargé d'adresser des remontrances diplomatico-morales; mais

il n'avait pas été accrédité, et les négociations
en étaient restées là. L'on parlait même d'une
députation des trois ordres, représentés par le
bedeau, l'adjoint et le garde-champêtre, lorsque
M. Lijobard, père de famille, électeur, homme
capable et partie intéressée, ne craignit pas de
compromettre son caractère d'épicier, en ris-
quant une entrevue comme dernier moyen paci-
fique.

Par un beau dimanche matin, l'on frappe à
la porte de notre artiste. — Entrez. — Alors paraît M. Lijobard, avec l'air de gravité que don-
nent soixante ans d'une existence régulièrement
nulle. Monsieur, dit l'honorable épicier, je suis
M. Lijobard, pour vous servir. — Ah! enchanté
d'avoir l'honneur de faire votre connaissance...
Veuillez bien vous asseoir... Pas sur ma bergère,
s'il vous plaît, car je la garde, n'usant pas du
crin. Cela pique... — Mais, monsieur, je vous
dérange peut-être? Vous étiez en train de vous
habiller, je crois? — Non, non, je suis habillé,
il y a long-temps. — Mais vous n'avez pas de culotte? — Je n'en porte jamais. — Comment! jamais? — Non, je mets des pantalons. — Ah!
ah! c'est un calembour très-judicieux. Eh bien!
alors, vous allez passer votre pantalon? — Du

tout. Je n'en use pas chez moi. — Parce que?..
— D'abord, parce que c'est une économie; ensuite, parce qu'un pantalon est une superfluité.
Adam, Abel, Joseph, Esaü n'en portaient pas.
C'est un des effets de la corruption du siècle. —
C'est très-judicieux, monsieur, c'est comme les
calottes grecques; mais au moins tous ces gens-là
avaient des rideaux à leur fenêtre, et vous devriez
bien en avoir aussi, pour la moralité en général
et le bon ordre en particulier. — Pourquoi donc
faire, monsieur Lijobard? Pour borner mon ho-
rizon visuel, me couper la respiration ? Je n'en ai
pas besoin. — Pour qu'on ne voie pas tout ce que
vous faites chez vous. — Ça m'est égal. — Alors,
monsieur, pour vos voisins. — Pourquoi regar-
dent-ils? — C'est très-judicieux, monsieur; mais
ce ne sont pas les voisins qui regardent. Ce sont
les voisines.... — Eh bien! elles ne voient que
des choses fort recommandables par elles-mêmes.
Une peau très-blanche, une jambe superbe, un
mollet plein d'expression !... — Oh ! c'est très-
judicieux. Je ne dis pas le contraire. Mais cela
porte à étudier prématurément des effets et des
causes; et, au nom de plusieurs communautés
en alarme, je viens solliciter l'apposition d'un
rideau, limite des vies privées et des perspec-

tives particulières. — Respectable Lijobard
vous que la France s'honore de compter au nom
bre de ses électeurs, vous n'ignorez pas que vo
tre demande est attentatoire au droit de libert
individuelle. Moi, j'aime mon indépendanc
comme un pierrot, et suis prêt à la défendr
comme un Polonais. Mais j'estime votre patriotisme de terroir, et de cette chère indépendance,
je vous en ferais volontiers le sacrifice en calicot,
si la mauvaise situation de mes finances ne s'opposait pas pour l'instant à une acquisition de ce
genre. — Pour quatre francs seulement vous en
serez quitte. — Quatre francs! Je le crois pardieu bien, vénérable Lijobard. Mais avec quatre
francs, j'ai de quoi avoir un dîner, ou deux billets de spectacle, ou quatre glaces, ou six bava-
roises, ou huit bouteilles de bière. Jugez que de
moyens de séduction, que d'embûches sentimentales, dans la modique somme de quatre
francs! Et pour moi, je préfèrerai toujours le
sentiment au calicot.

L'argument était clair, irréfragable, sans ré-
plique. Aussi, sans répliquer, le bon Lijobard
se retira battu, sans être abattu, car à l'adversité résiste un grand caractère. Le mal avait
une excuse, mais n'était point irréparable; Li-

jobard le répara. Animé par l'amour du bien général, il se transporta chez tous les locataires ses
voisins, leur raconta sa mission au milieu des
acclamations de leur reconnaissance admirative;
et, ayant annoncé son résultat infructueux, il
proposa d'achever l'œuvre de son éloquence,
au moyen d'une souscription pour l'achat d'un
rideau moral. Les femmes n'y voulurent pas
contribuer; mais les maris s'empressèrent de
donner leur quote-part. La collecte fournit
un total de trois cent quinze centimes quêtés à
cinq étages; Lijobord compléta le prix exigé,
et, le lendemain, accompagné de tous les maris
souscripteurs et d'un tapissier, il vint offrir à
notre jeune artiste un ample et vaste rideau qui
fut posé sur-le-champ.

En mémoire de cette mesure d'ordre public,
on a fait précéder le nom de Lijobard de l'honorable épithète de *philanthrope*; mais l'écho
de l'allée des Veuves redit toujours... Jobard.

Un revers de Palette.

Avant d'avoir tout le talent que me prêtent aujourd'hui les amis auxquels je prête de l'argent, j'étais fort rarement occupé.

Mon inaction avait plusieurs causes.

D'abord, on ignorait au quartier, si, à mon cinquième étage (sans compter l'échelle), germait un concurrent d'Isabey, et le public passait devant ma porte sans entrer.

Ensuite, faute d'argent superflu, je ne louais jamais de modèles. Je les exploitais gratis, et comme le modèle n'est généralement pas un modèle de désintéressement, j'en étais réduit à étudier la nature par la fenêtre, à distance de 110 pieds.

J'avais bien, de par le monde, plusieurs officieuses complaisantes qui, d'après mon titre de peintre en miniature, me pressaient de vouloir bien les *attraper;* mais comme toutes, antiques et laides, rappelaient un autre âge, je m'excusais en les assurant que je ne peignais pas l'histoire.

Il me fallait à moi, pour donner du cœur à mon pinceau, de ces piquans minois qui séduisent, et dont l'agréable aspect donne déjà un mérite au portrait, ce qui, aux yeux de beaucoup d'amateurs, sauve l'exécution.

En suivant toujours ce capricieux système, j'aurais pu ne pas aller loin, rester au nombre de ces faiseurs du boulevard, devant l'œuvre desquels on s'arrête pour admirer la dorure du cadre; mais enfin chaque artiste a sa manière, telle était la mienne.

Mille genres de tentations assiégent l'innocence, et parmi les projectiles composant l'arsenal séducteur, depuis la bouteille de bière jusqu'au cachemire français, la perspective d'une miniature n'est pas un des moins efficaces. — Reste le moment difficile où l'artiste aussi amoureux de son chef-d'œuvre que de l'original, ne veut plus se dessaisir du premier; alors commencent les négociations diplomatiques pour maintenir la balance entre l'art et le sentiment.

Au nombre de ces physionomies que pour moi réclamait l'ivoire, j'en avais distingué une vraiment délicieuse. Une seule chose m'arrêtait

15

dans l'ébauche d'un aussi charmant morceau ,—
cette chose c'était un petit chien.

J'ai toujours redouté d'entrer en concurrence
avec cette espèce de quadrupèdes, depuis que
je me suis aperçu qu'un barbet de ma connaissance servait à un mari de thermomètre conjugal. A la seule inspection du poil de l'animal,
l'époux prétendait analyser la conduite de sa
femme pendant son absence. — Comme c'est gai.

Ceci me rappelle, en passant, que la seule
femme qui m'aima pendant un laps de temps
raisonnable, m'avoua un jour, dans un moment
d'épanchement, que la cause de cette faveur
était mon étonnante ressemblance avec un singe
qu'elle avait adoré jusqu'à ce que sa dernière
gentillesse lui fit se casser les reins sur le pavé.

En vain j'avais sollicité ma demoiselle aux beaux
yeux de venir prendre séance seule et sans guide.
Malheureusement elle lisait alors *l'Histoire des
Chiens célèbres*, de sorte que regardant son petit *Alcindor* comme capable de devenir un jour
un héros de la gent canine, l'idée de le laisser
s'ennuyer seul au logis la révoltait au dernier
point.

Je commençai donc l'esquisse gracieuse , non
sans avoir long-temps défendu ma dignité contre

le caprice de mon adorable modèle, qui voulait absolument que le portrait d'*Alcindor* figurât à côté du sien.

Dire le délice de pareille occupation, point n'est besoin pour gens de la partie. Quelle suavité dans le libre examen de ces lignes élégantes, de ce coloris plein de fraîcheur! Dans l'investigation de ces paupières veloutées, de ce regard à l'expression ravissante! Et le charme de la pose, de l'abandon! Quel ensemble de prestigieux détails! Alors l'imagination grandit, le pinceau s'anime, l'heure vole rapide, et le miracle s'accomplit. Voilà des séances profitables à l'art, où le progrès s'incruste, où la perfection se glisse inattendue et vient tout-à-coup révéler le talent. Car dans ces courts instans, où le cœur est de moitié à l'œuvre, point de cette réserve qui glace, ni de cette étiquette qu'exclut le feu sacré de l'art, parce qu'elles font du modèle un patient, de l'artiste une machine.

Après plusieurs séances de ce genre, pendant lesquelles j'avais oublié ma mansarde, le petit chien et jusqu'à mes dettes, je frisai le miracle à tel point, qu'étonné moi-même de tant de perfection, je destinai à l'honneur du musée-royal le portrait qu'attendait Rose impatiem-

ment, et que d'avance la pauvre petite paya
par la plus aimable soumission, excepté cepen
dant en ce qui concernait *Alcindor*.

Enfin, après plusieurs jours de repos, arriv
celui si solennel, intitulé la *dernière séance*, (
pour vrai dire, le portrait fut en coloris (
qu'était l'original en nature !... — Excusez l'en
thousiasme.

Alors, je pris l'original par la main, je l'ame
nai à ma lucarne, et là je commençai à prendr
le langage diplomatique afin de lui démontre
l'avantage qu'il y aurait pour tous deux à ce qu
le chef-d'œuvre décorât le coin le moins sombr
d'une exposition plutôt que la cheminée de s
modeste chambrette.

Rose avait lu les *Chiens célèbres*, elle compri
donc mon ambition de fortune et de gloire. Ell
m'applaudit et m'accorda aussitôt ce que j
tremblais de lui demander.

Ivre de bonheur et d'espoir, une idée géné
reuse me saisit, celle d'embrasser *Alcindor*.
Oh destin ! quel coup d'éponge ! — Le petit bour
reau, sauté sur ma chaise, donnait à l'ivoire l
dernier tour de langue qui avait léché tant d'a
venir !!!

Charge d'atelier.

David venait d'entreprendre son tableau du Sacre, l'atelier du grand peintre était alors au Louvre. Moi, artiste-amateur, j'y remplissais les nobles fonctions de *rapin*. Déjà mes camarades étaient forts, qu'à peine je barbouillais; ils faisaient des études, et je sonnais de la trompette; ils travaillaient beaucoup, et je maniais fort bien le fleuret; mais jamais je n'étais en arrière ni pour les parties d'artistes, ni pour les *charges;* aussi la plupart d'entre eux se sont-ils fait un nom, tandis que moi je suis resté rapin.

Un jour, l'heure du repas venait de sonner, et chacun avait déposé le pinceau pour la flûte et le jambon. Assis sur un tambour, la bouche pleine et le couteau en main, j'étais dans cette disposition extatique où, pendant le mouvement des mâchoires, l'esprit s'arrête aux objets qui frappent les yeux. Mes regards se trouvèrent devant une

muraille fraîchement construite en pierres de
taille. En remarquant une d'une grandeur extraordinaire, je proposai de l'enlever pour voir
ce qui était derrière, et aussitôt tous les couteaux
grattant le ciment quadrangle me prouvèrent
que ma proposition était au moins adoptée.

« Faire et défaire c'est toujours travailler, »
nous répétait souvent David, dans ses paternel-
les exhortations, et l'enlèvement de la pierre récompensa bientôt notre persévérance. Elle laissa
un grand vide qui donnait dans la cheminée du
concierge, et nous vîmes, en avançant la tête
madame Ripaud écumant sa marmite. A cette
découverte se présenta la nécessité d'une *charge*
et, après bien des projets, il fut convenu qu'on
enverrait le squelette de l'atelier goûter le bouillon de la famille Ripaud. Ce qui fut dit fut fait
Une corde est attachée à la place du cou de
notre fluet personnage, qui, après avoir râclé les
murailles de ses côtes osseuses, vient frapper
l'écumoire de la portière et prendre un bain de
pied dans son pot-au-feu.

Cette visite inattendue pensa faire mourir de
peur notre pauvre concierge. Ce furent des cris
à faire trembler la maison, et les mots de *spec-
tre*, de *diable*, parvenus jusqu'à nous, nous

instruisirent de la manière dont fut interprétée
la terrible apparition. Mais M. Ripaud, qui se
disait philosophe, parce qu'il avait lu *Candide*,
et sa fille, qui ne croyait point aux revenans,
essayèrent de calmer les craintes maternelles;
puis Mlle Ripaud, laissant pour un moment l'eau
de Cologne et l'éther, vint aussi pour écumer le
pot qui, d'un caractère plus solide, était toujours resté en place.

Le docile squelette, en redescendant, renou-
vela la même scène, avec variations et force
embellissemens. Les cris aigus de la fille réveil-
lèrent ceux de la mère; et toutes deux, effrayées,
couraient çà et là, en se lamentant : M. Ripaud,
un peu moins sûr de son courage, commença à
craindre d'avoir peur, et ne sachant plus que
devenir au milieu d'une famille qui le terrifiait,
il se mit à appeler du secours, de toute la puissance de ses poumons de portier.

Alors, ce furent les voisins, ce furent les passans, voire même plusieurs d'entre nous qui rem-
plirent la loge, demandant la cause de tant de
vacarme, et l'augmentant sans pouvoir obtenir de réponse. Enfin après bien du bruit, bien
des cris, bien des conjectures, il fut décidé qu'un
petit ramoneur monterait dans la cheminée, et,

avant son ascension, recommandation expresse
lui fut faite d'avertir aussitôt qu'il verrait quelque chose. L'Africain postiche s'élance dans le
vide, et toute la population de la loge, dans une
anxiété facile à comprendre, de lui crier en
chœur : « Ne vois-tu rien? » A quoi l'enfant répondait en solo : « Non, rien. »

Nous avions replacé notre pierre pour ne pas
laisser apercevoir de jour, et l'oreille auprès,
nous suivions la marche grimpante du petit Auvergnat. Il venait de répéter son «non, rien, »
déjà pour la vingtième fois, lorsqu'il arriva devant
l'ouverture. Nous l'enlevâmes, puis lui montrant
une large tartine de confitures, nous lui fîmes
signe d'entrer en silence dans notre atelier, il
y consentit; et la pierre fut replacée à la hâte.
Les infatigables questionneurs redemandèrent
encore : «Ne vois-tu rien?... » A cette fois, de
réponse, point. Ah! pour le coup, nouveau tu-
multe dans la loge, nouvelles alarmes, conjectures peu rassurantes, et par suite, nouvelle acquisition d'un Auvergnat pour tenter une seconde épreuve. Malheureusement, le petit bon-
homme, instruit de la destinée vague de son
prédécesseur, et ne se souciant nullement d'être
emporté par le diable, refusa de marcher. Il ne

fallut rien moins que l'autorité de M. Ripaud,
recouvert de son costume officiel, et ses menaces
de le jeter dans le pot-au-feu, pour le forcer à
s'aventurer dans les régions enfumées.

Il venait d'arriver contre notre pierre, lorsque nous l'enlevâmes de nouveau, en lui offrant,
comme à l'autre, un motif d'attraction sous la
forme d'une tartine. Mais il y répondit différemment. Effrayé par ce changement subit, il poussa
d'effroyables cris. Ses hurlemens jetèrent l'épouvante chez la gent attendante du rez-de-chaussée. Cris en haut, cris en bas, ce devint une
extrême agitation, à la faveur de laquelle nous
nous rendîmes maîtres du ramoneur rebelle, et
la pierre reprit de nouveau sa place.

Le silence avait succédé à la rumeur générale
chez M. Ripaud; mais la consternation était au
comble. On ignorait le sort des deux ramoneurs;
cependant les cris plus que bruyans du dernier
faisaient supposer une fin au moins tragique.
Conseil fut tenu. On renonça à une troisième
épreuve, parce qu'on ne pouvait pas faire une
aussi cruelle consommation d'Auvergnats, ni les
envoyer ainsi, de gaîté de cœur, dans ce gouffre
de l'humanité; l'on s'arrêta au parti de faire in-

tervenir l'autorité, devant qui diables et follets,
spectres et fantômes ont toujours échoué.

Ici finit la charge.

La première démarche du commissaire fut de
s'informer où communiquait la cheminée, et sitôt après la réponse, il était dans notre atelier.
Quel heureux sujet de *pochade* que l'arrivée du
grave magistrat, conduit par M. Ripaud en
grande tenue, et suivi de tout ce que sa loge
pouvait contenir de curieux! D'abord, il voulut
réprimander, mais notre excuse l'en empêcha.
« M. le commissaire, lui dîmes-nous, vous ne
pouvez nous blâmer d'avoir satisfait ces deux
gaillards, qui sont venus nous demander à déjeûner, par une issue peu ordinaire, il est vrai;
ce qui, comme vous le voyez, ne les empêche
pas de s'en acquitter fort bien. »

Et en effet, les deux petits ramoneurs, assis
par terre, au milieu de l'atelier, sous l'uniforme
connu, et mangeant à se crever, achevaient le
tableau.

VII.

Moeurs populaires.

LE SOLDAT.

LES PORTIERS.

LA GRISETTE.

UN MAITRE D'ARMES.

LE BUREAUCRATE.

Le Soldat.

Né pour être homme,
Et devenir soldat !!!

Philipon.

Ah ! me suis-je souvent dit, dans un des ces
courts instans d'*a parte*, de réflexions vagabon-
des, si, dès les premiers jours de la création, la
garantie de la vie de l'homme avait pu être adjugée à forfait, et devenir, comme les maisons,
les navires, les chevaux, l'objet d'une assurance
particulière, je crois que les plus intrépides
spéculateurs auraient reculé devant l'obligation
de remplacer chaque mortel quittant vie, pour
en maintenir l'espèce dans une honnête proportion.

En effet, quand on songe aux inconvéniens,
accidens, maladies, calamités de tous genres,
auxquels l'homme est sans cesse exposé dans
le cours de son existence, il semble difficile qu'il
puisse arriver à l'âge mûr; et, quand on pense

aussi qu'un coup de poing, d'épée, de pistolet
ou de canon, choses qui se rencontrent tous les
jours dans le monde, peut y mettre terme, on
ne conçoit pas comment l'humanité est parve-
nue au prodigieux point d'accroissement où elle
est arrivée. Fort heureusement que les hommes
ont la précaution d'en prévenir l'excès, en or-
ganisant de temps à autre quelques boucheries
salutaires et édifiantes, comme le massacre des
Innocens, la Saint-Barthélemy, les Croisades,
les mariages républicains, les guerres civiles ou
religieuses, la Chouannerie et autres gentillesses
du même genre.

Chez un peuple modèle en civilisation, qui
fait tout pour le mieux, qui possède d'admira-
bles institutions, il faut aussi régulariser le système de destruction. On ne peut pas envoyer à
la guerre un bureaucrate, un musicien, un his-
trion, il faut donc destiner spécialement une
classe d'hommes à cette branche intéressante de
prospérité. Au premier abord, il semble que
tous les bossus, les borgnes, les bancals, tous
ceux disgraciés de la nature enfin, seraient
suffisamment convenables pour devenir *chair à
canon*, tandis que les plus beaux hommes, indispensables pour bien remplir les fonctions à

l'intérieur, et surtont pour embellir la race,
devraient rester paisibles dans leurs foyers et
s'y adonner à la reproduction légale. — Eh
bien ! loin de là, chez toutes les nations également, on choisit au contraire les gaillards les
plus jeunes, les plus grands, les plus dispos, et
on les envoie à la guerre, avec accompagnement
de tambours et clarinettes, pour s'y faire tuer
en variations !

Il fut un temps où passablement de désœu-
vrés vinrent volontairement s'enrôler pour
exercer le noble métier de héros. Par la suite
cependant, on en a trouvé le nombre trop insuf-
fisant, vu la grande consommation ; puis les progrès des lumières, éclairant chaque jour davantage les hommes sur leurs vrais intérêts, on a
judicieusement pensé qu'ils pourraient bien finir par renoncer au plaisir de se faire estropier
pour ce qui ne les regarde nullement, et on y a
mis bon ordre. C'était alors en France le règne
du niveau, la mode de l'égalité parmi les citoyens ; quelques enthousiastes exposaient volontiers leurs individus à l'épreuve du fer et des
boulets ; vite on a décidé que, pour le plus
grand bonheur général, tous indistinctement,
seraient soumis à cette préalable formalité. De-

puis lors , tous les bons Français se sont confor
més à cette règle de philanthropie universelle
et, à moins de se faire le mauvais tour d
mourir avant l'âge de conscription, personn
n'en est exempt.

Ainsi, dans toutes les classes de la société
surtout dans les moins opulentes, dès qu'un gar
çon est venu combler les vœux de toute une famille , on s'en réjouit, on l'élève à grand' peine
et, à chaque soin nouveau , à chaque nouvell
caresse qu'on lui prodigue , on a toujours devan
les yeux la douce et consolante perspective de l
voir un jour emporté par un biscaïen, si l'on n'
pas de quoi payer quelqu'un qui , en pareil cas
ait l'obligeance de se mettre à sa place. On pass
tout le temps de son enfance à le fustiger, à l
claquer, pour lui inculquer des sentimens hon
nêtes ; celui de son adolescence à le moraliser
à l'instruire ; et , quand le garçon a coûté beau
coup de soins , de peines et d'argent; quand
parvenu à l'âge de la force, il peut produir
à son tour, alors arrivent tambour, sac et clari
nette de cinq pieds ; puis s'ouvre devant lui l
carrière héroïque.

Ici commence une nouvelle vie, celle du cons
crit ; et avec elle s'évanouissent les rêves imagi

naires des droits de l'homme, de la liberté individuelle, de sujet indépendant. Il a abjuré tout
cela pour être apprenti-héros, et Dieu sait quelle
profession! C'est un homme maintenant à part,
qui n'a plus ni opinion, ni volonté, qui ne s'appartient plus; qui ne peut même plus disposer
à son gré de ses bras, de ses cheveux et de ses
jambes, désormais au service de l'état. Ce qui
doit le consoler, par exemple, c'est qu'il n'est
pas le seul dans cette position tant soit peu gê-
nante, et que c'est par cent mille qu'on en
compte le nombre dans chaque pays honnête-
ment civilisé.

Dès le jour, on fait lever le héros, et, depuis
le matin jusqu'au soir, on le fait aller en avant,
en arrière, tourner à droite, tourner à gauche,
exposé au soleil qui brûle, à la pluie qui mouille,
au vent qui défrise, chargé d'un fusil, d'un sabre, d'un schakot, d'une giberne et d'un sac,
qui le fatiguent horriblement. Il a beau dire
que le métier de héros ne lui convient pas du
tout, qu'il aime mieux retourner à la charrue,
que sa santé dépérit; on lui rit au nez et on le
met à la salle de police. Si cet hygiénique séjour
ne lui a pas réconforté le tempérament, et que,
persistant dans son opinion première, le héros

16

s'achemine paisiblement vers ses foyers, vite d'autres héros lui courent après, le ramènent au régiment, où, sans vouloir comprendre qu'il s'en allait par horreur de l'esclavage, on le condamne à promener un boulet pendant cinq ou dix ans. Aussi, est-il rare de voir un conscrit user ainsi de sa portion de liberté animale pour retourner chez lui; mais il est certain que, s'ils ne le font pas tous, c'est plutôt par peur des résultats que par amour du métier.

En ses glorieuses qualités de *soutien du trône*, de *défenseur de la patrie*, de *héros* enfin, le soldat semble devoir être traité, sinon mieux, au moins aussi bien que les autres citoyens. Chez plusieurs nations très-policées de l'Europe, le soldat est mené au *knout*, *à la bastonnade*, singulier châtiment pour un héros, et qui peut faire mal supposer des autres avantages de sa profession. En France, où l'on est plus poli, plus civil, le soldat est traité d'une manière analogue à la dignité de l'homme : les galères ou la mort, il n'y a pas de milieu. Au surplus, il est bien mis, bien équipé, parce qu'il ne serait pas convenable de voir les gens du roi avec des trous aux coudes; il est largement nourri, parce qu'en matière culinaire par entreprise, la quantité

tient lieu de la qualité; le reste, c'est son affaire.
Le soldat de la ligne a un sou net par jour pour
divertir son héroïsme à dix-huit francs par an ;
c'est le moyen qu'il n'abuse pas des richesses ;
car, pour s'amuser une bonne fois, il faut d'a-
bord qu'il économise les revenus de deux ou
trois années. Le dimanche, on lui donne un
beau sabre pour s'aller promener; eh bien ! s'il
s'en sert seulement pour couper les oreilles à un
péquin, on le punit : oh ! injustice ! En France,
et surtout en Angleterre, quand un cheval
lance sans motif une ruade à son maître, on
le cingle, mais doucement, de peur de le bles-
ser; ici, quand un héros véxé répond à son ca-
poral par un geste, douze balles de plomb dans
la cervelle lui redressent aussitôt le jugement et
le mettent dans l'impossibilité de recommencer.
L'enthousiasme même, cet épanchement nécessaire à la santé de tout bon citoyen, est interdit
au héros, devant son souverain, aux risques des
suites funestes d'une émotion rentrée. Le plus
haut degré d'indifférence décide de sa bonne
qualité ; l'insouciance est son régime ; le devoir
lui interdit le raisonnement ; pour lui, le meilleur argument c'est la baïonnette, la plus saine
logique, une pièce de quarante-huit. Aussi,

lorsqu'il est en fonctions destructives, le cœur
préparé à tout événement et le corps à tout accident, le héros y va-t-il d'estoc et de taille. Armé de philosophie et de munitions, il frappe
comme un sourd, tant qu'il n'est pas frappé; et
après une bonne mêlée, quand un vaste terrain
est couvert de cadavres, de lambeaux épars et
de membres palpitans, alors tous les héros encore ingambes reprennent joyeusement leurs
rangs éclaircis, aux sons de cet air guerrier, que
M. Scribe est venu tout exprès au monde pour
appliquer fort judicieusement à la profession
de l'homme-fusil.:

Ah ! quel plaisir d'être soldat. (*bis.*)

Les Portiers.

> C'est notre portière
> Qui voit tout,
> Qui sait tout,
> Entend tout,
> Est partout.

MADAME BRULEBEURRE. — Dis-donc, Brulebeurre, mon petit, que penses-tu de ces gens du
troisième, nouvellement emménagés? Ça sort
dès le matin, ça prend sa chandelle et sa clef
sans rien dire; ça n'peut être que des gens sus-
pects...

BRULEBEURRE. — Sans doute; et puis, pas la
moindre usage du monde, pas le moindre petit
mot de politesse ou pour rire. Ça n'est pas
comme M. et Madame Tribulard, du quatrième.
A la bonne heure, au moins, c'est aimable ces
personnes-là, ça cause, ça vous donne des ren-
seignemens instructifs; on n'a qu'à gagner à

leur fréquentation. C'est eux qui m'a appris que
le menuisier d'à côté se laisse battre par sa
femme, qui est battue à son tour par le tam-
bour-major de Popincourt, et qu'ils ont même
des raisons de croire que la petite Julie, qu'ils
disent avoir adoptée, est fille de cette piegriè-
che, la sœur du menuisier, qui a aussi un
frère, qui est même un très-mauvais garnement.
C'est encore eux qui m'a appris que, bien que
la petite bonne du second s'en laisse conter par
un ex-gendarme, aujourd'hui garde municipal,
elle a encore l'air d'écouter son maître, qu'il a
le cœur de la distraire, pendant que son épouse
est dans son lit, malade... Ah! pauvre chère
femme!... que c'est une horreur, quoi; mais
qu'c'est dans la nature de tous les maîtres d'être
des monstres... Aussi ai-je raconté, à ces bons
M. et Mme Tribulard, tout ce que nous avons
pu découvrir dessur les locataires du quatrième,
ce que nous supposons sur la manière d'être des
gens du premier, et comment nous interprétons
la dissimulation de ceusse du troisième.

MADAME BRULEBEURRE. — C'est bien ça, mon
ami; mais y faut engager M. et Madame Tribulard à observer ces gens du troisième, à tirer
aussi des conjectures.....; peut-être alors que

nous pourrions nous assurer si... (*Entre un jeune fashionable, qui demande si* **M.** *de Flavigny est chez lui.*)

MADAME BRULEBEURRE, *souriant agréablement comme un sanglier.* — Non, Monsieur ; mais Madame est chez elle...

LE FASHIONABLE. — Merci. (*Et il monte précipitamment.*)

MADAME BRULEREURRE. — Voilà un brave, un excellent, un délicat jeune homme. Au moins il connaît les convenances, lui ; il a des égards... Il fait la cour à Madame Flavigny, mais avec quelle grandeur d'âme ! il m'a déjà donné 20 fr.; aussi suis-je tout-à-fait dans ses intérêts, et tant pis pour M. Flavigny, si sa femme... Au fait, ça n'me regarde pas ça, j'ai déjà reçu 20 fr. et des espérances...

BRULEBEURRE. — C'est possible, mais M. Flavigny se doute de quelque chose. Ce matin il m'a fait appeler et m'a prié de l'instruire de ce que je pourrais savoir à ce sujet ; il m'a promis de me récompenser d'une manière proportionnée à mes services, et il m'a appointé 30 fr.

MADAME BRULEBEURRE. — Comment, mon p'tit homme, il t'a donné 30 fr. ! Ah ! mon dieu ! mais c'est bien ça, c'est très-bien ça. Quel

brave homme que ce bon M. Flavigny! Aussi
j'l'ai toujours dit, moi, je préfère l'honnête, l'estimable M Flavigny, à ce jeune freluquet : c'est
pas par intérêt, tu sais bien; mais c'est que je
n'peux voir de sang-froid tromper un homme
si respectable. Comment, il t'a donné 30 fr. !

BRULEBEURRE. — Oui. C'est avantageux pour
nous toujours, cette petite intrigue-là ; et il serait bien à désirer qu'il y en ait seulement une
petite comme ça par étage : depuis l'entresol
jusqu'au cinquième, ça ne ferait pas mal, dis
donc, bobonne.

MADAME BRULEBEURRE — Il n'y a pas d'doute;
mais que veux-tu? y a pas mêche à présent,
tout l'monde s'mêle d'avoir des mœurs. Foi de
portière, c'est révoltant, ma parole...

BRULEBEURRE. — Eh bien, puisque nous n'a-
vons que M. et Madame Flavigny qui nous procurent de ces profits-là, il faut les prolonger le
plus long-temps que nous pourrons.

MADAME BRULEBEURRE. — Bien pensé. Mais
comment faire ? Car enfin il faut gagner notre
argent, cependant.

BRULEBEURRE.—Si je pensais comme ça, moi,
ça serait bientôt fini. Mais faut être plus malin,
vois-tu. M. Flavigny me donne à moi, pour que

je jase ; le freluquet te donne à toi, pour que tu
ne jases pas ; Madame Flavigny nous donne à
tous deux pour que nous gardions le silence. Je
sais bien que nous pouvons recevoir leur argent
à tous , il n'y a pas de doute à ça , c'est même
très-naturel ; mais ensuite faire ce que chacun
demande , c'est autre chose, ce n'est même pas
facultatif. Ainsi donc, je t'engage à te taire, à me
taire, à nous taire , et , comme il faut toujours
agir avec conscience, puisque nous avons reçu
des preuves d'estime des deux côtés pour agir en
sens contraire, je crois que , par délicatesse ,
nous devons ne nous mêler de rien, ni pour les
uns ni pour les autres , et laisser aller les choses
comme elles voudront.

MADAME BRULEBEURRE. — C'est bien , mon
petit chat. T'as ma foi raison; mais t'as aussi
une expérience... (*Dans ce moment on entend*
dans la rue le cri de : Porte, s'il-vous-plaît !)

MADAME BRULEBEURRE. — Ah ! mon dieu !
voilà le cabriolet de M. Flavigny qui rentre !
Vas ouvrir la porte, Brulebeurre, mais ne lui
dis pas que l'freluquet est là-haut.

BRULEBEURRE, *s'en allant.* — Et non , sois
tranquille.

(Brulebeurre ouvre la porte : M. Flavigny descend avant qu
le cabriolet soit dans la cour, et monte vîte chez lui d'un a
soucieux.)

BRULEBEURRE , *rentrant dans sa loge.* — A-t
il l'air vexé donc aujourd'hui; il ne m'a seule
ment pas r'gardé quand je lui ai ôté ma cas
quette.

. MADAME BRULEBEURRE. — Ils sont tous le
mêmes , ces gens là. Ça croit, parce qu'ils vou
font gagner de l'argent, qui sont dispensés d'ê
tre honnêtes. Mais dis-donc , s'il allait trouve
là-haut...

BRULEBEURRE. — Eh bien?...

MADAME BRULEBEURRE. — Eh bien , ça s'rai
drôle.

BRULEBEURRE. — Drôle? comme ça : si c'es
avantageux, oui; mais si ça n'l'est pas, non.

MADAME BRULEBEURE. — C'est juste. Mais en
tends-tu ce bruit? Il est déniché; viens don
voir.

(Brulebeurre et sa femme sortent avec empressement et arriven
dans la cour au moment où le fashionable , que M. Flavign
a jeté par la fenêtre, vient se casser les reins sur le pavé.)

TABLEAU.

M. Flavigny, les yeux hors de la tête, regarde tomber son rival : sa femme échevelée, est renversée sur la balustrade, sans connaissance ; son petit crie en pleurant sur les mollets de son polichinelle ; tous les locataires et les domestiques sont aux croisées, tandis que le fashionable pousse des hurlemens effroyables. — Stupéfaction générale.

MADAME BRULEBEURRE. — Quel dommage !... Plus profits !...

La Grisette.

———

« Ses amours ont duré toute une semaine. »

La Grisette est une fraction trop importante de la société parisienne, comme aussi de l'existence des jeunes citadins, pour n'être pas examinée sous quelques-unes des faces qui composent son piquant ensemble. Par exemple, sous le titre de *Grisette*, nous nous permettrons de comprendre indifféremment couturières, modistes, fleuristes ou lingères, enfin tous ces gentils minois en cheveux, chapeaux, bonnets, tabliers à poches et situés en magasins, quoique, entre elles, ces petites industrielles tiennent prodigieusement à une classification distinctive qui, inquiète fort peu quiconque n'est point dans la partie.

Je ne me souviens plus où j'ai lu que, dans la bienheureuse Espagne, tous les bâtards étaient

gentils-hommes , par droit de naissance , comme
pouvant descendre d'une famille titrée ; et que,
dans une scrupuleuse incertitude , noblesse leur
était dûment adjugée. Aussi , comme la plupart
des orphelins s'adonnent à la domesticité , rien
n'est-il plus commun que de voir de simples ro-
turiers servis par des laquais anoblis. Ce souvenir me revient en mémoire à propos de la
gent Grisette qui , avec sa physionomie originale,
forme une catégorie à part des autres classes.
En remontant à la source pour en chercher la
cause, il me semble qu'on la pourrait trouver
dans la probabilité d'une naissance particulière,
d'où il résulte qu'elles seraient toutes anoblies
si elles avaient vu le jour dans la Péninsule.
Ainsi donc , à part les exceptions , tirées à un
aussi grand nombre d'exemplaires que voudra
le lecteur, je généraliserai ma supposition pour
tout le reste , et dirai que la Grisette me semble
être le *résultat-medium* de ces rapports , passa-
gèrement intimes, entre deux quasi-extrémi-
tés de l'échelle sociale ; l'une, mâle et distinguée,
l'autre féminine et seulement piquante ; toutes
deux séparées par position , mais toutes deux
rapprochées pendant un instant de la jeune vie
par un besoin commun... celui du plaisir.

Quelqu'étrange que puisse paraître, au p
mier abord, cette observation, à cause de
nouveauté, elle doit trouver cependant des p
tisans après examen. Il suffit, pour la bien a
précier, de considérer l'existence de ces femm
chiffons. On en trouve à peu près douze
quinze dans un magasin de modes, de fleurs
de coutures. Sur ce nombre, huit ou dix vive
toujours seules, sans parens, sans famille, p
sant gaiement la vie entre le travail et les pl
sirs, l'indigence et les amourettes. Si, dans
long trajet, traversé par mille encombres,
ciel leur envoie des filles, elles les élèvent a
près d'elles, comme elles, dans leur état, da
leurs principes. Quant à ces dernières, dès q
l'âge leur permet, elles suivent pour précep
ce refrain qu'elles ont appris en tirant l'aiguill

> « Tout comme a fait,
> » Tout comme a fait ma mère.... »

Et ainsi se renouvelle sans cesse, par une r
tation reproductive, cette classe à part, mac
doine sociale, à laquelle appartiennent ces peti
rêtres gentils à croquer, à l'air fripon, au n
retroussé, à robe courte et à la jambe bien pris
qu'on nomme Grisettes.

Ce qui constitue l'originalité de la Grisette,
c'est de n'avoir point de caractère qui lui soit
spécialement particulier. Ses manières ne sont
qu'un bariolage des habitudes qui distinguent
les autres rangs de la société. La Grisette, dans
ses courts instans de dignité, sait parfaitement
singer la grande dame;

Exemple : — Monsieur, je ne vous connais
pas!

Elle possède toute la *câline* urbanité de la
petite bourgeoise;

Exemple : — Il est des êtres bien aimables...

Dans ses accès de sublimité, elle s'élève à la
hauteur de toutes les sommités en ce genre;

Exemple : — Dieu! si un homme me battait!!!

Enfin, lorsqu'elle se laisse aller à un familier
abandon, elle rappelle la classe au-dessus de laquelle elle est cependant,

Exemple : — Faut-il qu'un homme soit...
cornichon!

Mais ce qui lui appartient réellement, ce qui
forme le cachet distinctif de sa physionomie,
c'est sa grande indépendance dans l'exercice du
sentiment; ce qui ne ressemble pas précisément
à de la vertu, mais excuse au moins, jusqu'à

certain point, les fréquentes atteintes que cet
dernière peut recevoir. Aucune autre ambitic
que celle du plaisir ne décide ses caprices. Ains
une passion honnête, consciencieusement prou
vée par des égards manifestés de temps à aut
sous la forme d'une brioche, d'un billet de spe
tacle, ou d'une paire de gants; une certaine dos
de patience qui vous permette de prêter parfo
votre bras pour la promenade, votre tête por
essayer des bonnets, ou vos bas de soie por
danser au Ranelagh; voilà de quoi faire tourne
les plus fortes têtes de ces demoiselles, et vor
mériter de leur part les surnoms d'*Adonis!*-
petit chat! — *mon amour!* — *ma poule!* et au
tres jolies épithètes puisées dans un cours d
mythologie appliquée à la tenue du sentiment e
partie double.

Vouloir nier l'utilité de la Grisette, ce serai
refuser de croire au mouvement. Comment asse
louer en effet cette aptitude en tous genres, qu
rattache indifféremment le bouton d'une cu
lotte sentimentale, le nœud d'une cravatte ou
le ruban d'un bonnet fané; ce parfum de gen
tillesse et de graciouseté qui embaume les rues
embellit les magasins et charme d'humbles ré
duits. Voilà pour le pittoresque. Pour l'agréable

toute Grisette sait chanter juste et faire des crêpes. Pour l'utile, elle est rangée, quoique friande de distractions, et s'effraie des plaisirs coûteux. On a vu même la bourse d'un étudiant, grossie des économies prescrites par une jolie compagne de fredaines; économies qui partaient en bloc, il est vrai, pour l'acquisition d'une robe ou d'un cachemire français, mais qui néanmoins avaient toujours été ravies au torrent de la dissipation.

Chaque Grisette réunit ici bas la philosophie, l'épicuréisme, le courage du travail et la résignation. Ces vertus, propres aux grands caractères, lui sont indispensables à elle, pour, en arrivant au monde sans naissance, ni fortune, ni rang, se créer l'un et l'autre, se suffire à elle-même, multiplier ses moyens d'industrie; pour savoir travailler sans cesse, prendre la fortune comme elle vient, ne faire qu'un passe-temps de liaisons formées légèrement et rompues plus légèrement encore; enfin, pour saccader ainsi la vie au milieu d'un rapide tourbillon de plaisirs et de peines, de sentiment et de volupté, puis rester toujours Grisette.

Un Maître d'armes.

. . . .
Enseignant le courage à dix sous par leçon.

ARNAULT.

Une ! deux ! tierce ! quarte ! Une ! deux ! fendez!... là, bien ! Une ! deux ! parez!... — Holà! oh ! là là, vous m'avez cassé le nez. — Eh bien! monsieur, restons-en là. Il y a des progrès sensibles : c'est aujourd'hui le dernier cachet; en voulez-vous vingt autres ? — Oui, mais à condition que vous ne me casserez pas vingt fois le nez. — Certainement. D'ailleurs votre masque sera raccommodé pour la prochaine fois. Et cependant, Monsieur, il est fort heureux que votre nez se soit trouvé là; car sans lui, ma foi, je vous abîmais la figure....

A le voir ainsi avec son élève, l'œil en feu, l'épée brandissante, frappant énergiquement le sol, on dirait un homme en fureur, et il est le plus

tranquille homme du monde; on le prendrait
pour un génie en travail d'inspiration, et ce
n'est qu'un homme de *cœur*, voilà tout. Or donc,
une fois qu'il a dépouillé le susdit cœur ou plas-
tron, ses larges gants et l'équivoque cothurne,
ce n'est plus qu'un individu ordinaire, fort or-
naire même; tandis que, dans sa spécialité, il
est utile et tout-à-fait indispensable à une civilisation bien ordonnée, où l'adresse en fait
d'armes remplace le courage, rend l'insolence
impunissable, et permet de passer une épée au
travers du corps de qui la voudrait châtier.
Aussi, la plupart des dandys, fashionables, jeunes
hommes du monde, ont-ils un maître d'armes,
comme les femmes un médecin. Chaque matin,
il vient pendant une heure leur allonger quelques horions pour le maintien des bons principes;
et de même que le docteur est aussi fatal à sa
cliente que la plus cruelle maladie, de même
parfois le spadassin enlève en une leçon, à son
apprenti-brave, l'œil ou le membre qu'il lui en-
seigne à garantir. Néanmoins la réputation du
maître y fait regarder souvent à deux fois aux
courageux qui raisonnent avant de se mesurer
avec l'élève.

Pour manier l'épée mieux que qui que ce soit,

pour jouer artistement du bâton et souvent bien
tambouriner, un maître d'armes n'est nullement
étranger aux sentimens nobles et délicats.
L'exemple suivant, du fait d'un professeur en
réputation, pourra donner une idée favorable
de la reconnaissance de ces messieurs, toujours
en ce. qui concerne la partie, c'est-à-dire en
matière de coups d'espadon, de fleuret ou de
bâton.

Un des miens amis, grand escrimeur par goût
et par principe hygiénico-sanitaire, prend vingt
cachets qu'il paie comptant. Après deux leçons,
obligé de partir pour un petit voyage, il avertit
son professeur et lui rend ses vingt cachets,
sans en reprendre le montant. — Ah ! Monsieur,
s'écrie l'homme au fleuret, touché de ce procédé
généreux, si jamais vous avez une affaire avec
quelqu'un, faites-le moi savoir la veille, je vous
prie ! — A quoi bon ? — A quoi bon, Monsieur !
A ne pas vous faire estropier... tuer peut-être !
— Et comment ? — Voilà comment. La veille de
la partie de mort, je me rends auprès du mé-
créant ; je le pousse ; il m'apostrophe, n'est-ce
pas ? Je le repousse, et il m'insulte. Alors je
m'aligne suivant les règles (ah ! toujours les
règles, par exemple), puis, faisant le moulinet,

je le démantibule à coups de germanicus, et le mets dans l'impuissance de se présenter au rendez-vous le lendemain.

Mon ami partit d'un grand éclat de gros rire, à cette burlesque protestation de dévoûment, et, comme en pareil cas, il aime à faire ses affaires lui-même, il remercia copieusement le bâtoniste-fleurétiste-tambouriniste de ses dispositions gesticulatives, le priant de réserver son chaleureux zèle pour ceux qui pouvaient avoir recours à de pareils moyens.

Le Bureaucrate.

« Travaillez, que rien ne vous lasse ;
» Et, commis dès votre printemps,
» Vous pourrez bien, à soixante ans,
» Être encore à la même place. »

UN GARÇON DE BUREAU.

Le bureaucrate, ou employé dans un ministère, est un homme qui n'est pas fait comme les autres, en ce que la Providence a ajouté de plus à son individu un fauteuil, une table et une plume inséparables de son être pendant trente années seulement, Durant cet espace de temps, peu considérable dans le cours de la vie humaine, l'existence de l'homme-table est réglée d'une manière invariable, et d'après des bases si simples, que, depuis le premier jour jusqu'au dix mille neuf cent cinquantième, dernier de la trentième année, il n'a rien de plus à faire que toujours la même chose. Après quoi, son traitement diminuant en raison de ses facultés, une modique retraite vient récompenser sa conduite exem-

plairement régulière. Aussi, pendant trente années, tous les jours il suivra le même chemin
pour aller et revenir de son administration ; et,
comme une horloge vivante, pour les rues dans
lesquelles il passe, il indique dix heures précises à son départ, et quatre heures quelques
minutes lors son de retour.

L'encouragement qui doit soutenir cette lon-
ganimité d'héroïsme, c'est un traitement dont
la variante est de douze cents à quatre mille
francs par an, et dont la moyenne n'est ordinairement que de dix-huit cents francs.

Comme il est un plus grand nombre d'employés
de cette catégorie que des deux autres, c'est
donc à celle-ci qu'il faut s'arrêter. 1,800 fr. sont
bien peu de chose à Paris, où se consomment de
si grandes fortunes. Mais, pour l'homme rangé,
qui sait modérer ses désirs, jouir souvent des
plaisirs gratis, rarement de ceux payés, qui
sait employer sagement un revenu très-juste, ils
peuvent suffire aux besoins. Preuve que pareille
chose est possible, c'est le personnel des ministères, tellement nombreux en France, que la
bureaucratie y passe pour une des calamités de
l'État, mais pour une de ces plaies qu'on nourrit au lieu de les guérir, parce qu'elle est un des

débouchés nécessaires à l'accroissement excessif de sa nombreuse population.

Du reste, il n'est pas d'emploi plus doux que celui du bureaucrate en fonctions. On peut analyser ainsi sa vie d'un jour, et, par conséquent, de trente années consécutives :

A dix heures du matin, entrée au ministère.

De dix à onze, travestissemens, promenade autour du poêle en hiver, délassement en été, lecture des journaux (ministériels, s'entend.)

De onze heures à midi, conversation sur les affaires du temps, sur les modes, sur les aventures galantes de la veille.

De midi à une heure, taille générale des plumes et essai de leur qualité ; le tout accompagné de réflexions analogues ou étrangères au sujet.

D'une heure à deux, consommation de la flûte d'un sou et du verre d'eau claire.

De deux heures à trois, arrivée du chef de bureau : silence, application, bonne tenue.

De trois à quatre, fatigue d'un travail forcé ; visites réciproques dans l'intérieur du ministère, réception des amis. (Les mercredis et samedis seulement, dans quelques ministères, où les employés, comme les bêtes curieuses du Jardin du Roi, ne sont visibles que ces jours-là.)

A quatre heures justes, sortie du ministère,
brouhaha général et entier oubli des affaires de
l'état jusqu'au lendemain matin , dix heures
précises.

Voilà qui démontre positivement toutes les délices de la vie bureaucratique , et qui donnerait
vraiment envie de s'y consacrer à corps perdu.
Aussi, n'ajoute pas qui veut une table de la maison du Roi à son individu! Et ceux qui jouis-
sent de cette insigne faveur ont-ils grand'peine
à la conserver. L'employé doit toujours être entre son fauteuil et son bureau six heures par
jour , *quand même!*...... Le beau temps, ou
quelque affaire pressante exigent-ils son absence?
Impossible. Il a beau objecter qu'il n'a jamais
rien à faire et peut bien prendre quelques instans à cette occupation, pour s'acquitter d'un
devoir. On lui dira que le Roi le paie pour cela,
et qu'il est un imbécille; puis, s'il ne convient
pas du fait, on le chasse. Faisant partie du mobilier administratif, sa présence est toujours
nécessaire. Pour lui, point de campagne, de
chasse, de pêche, autre jour que le dimanche.
Veut-il jouir de pareils délassemens pendant
quelque temps , lui faut-il un congé enfin? il
doit alors trouver un *prétexte* proportionné à

la difficulté et le *solliciter* suivant son grade dans la hiérarchie ministérielle. Un employé a *besoin* d'un congé : il le *demande*. Un sous-chef le *désire;* il se fait *autoriser*. Un chef de bureau en a *envie*; il en *prévient* le chef de division. Ce dernier le *veut*; il *part*.

Ensuite, l'homme-table doit faire jouer à propos l'épine dorsale que son genre d'occupations rend naturellement convexe. Il ménage aussi peu la courbette qu'il raréfie la profession de foi. Car c'est là seulement qu'existe l'écueil bureaucratique, c'est dans l'opinion. N'allez pas croire que ce soit dans les opinions politiques. Tout bon citoyen aime son Roi plus ou moins, sa patrie à sa façon; peu importe; mais l'employé n'a que des opinions ministérielles, parce que dans un ministère une Excellence est souverain, et que ce despote in-32 peut dire, comme Louis XIV, *l'État, c'est moi*. Malheureusement pour le peuple, qui débourse 20,000 fr. de retraite à chaque démissionnaire, et pour le bureaucrate qui paie en courbettes, ces petits monarques sont fréquemment renversés. Alors, chaque changement de ces puissans personnages occasionne une secousse destitutive qui prive une certaine quantité d'employés de 365 livres de pain par

an. Souvent, par exemple, la disgrâce tombe
sur les plus capables, sur ceux animés des meil-
leurs sentimens, qui sont plus royalistes que le
Roi lui-même, qui, le dimanche, vont à la
messe au lieu d'aller à la campagne ; mais il faut
bien que chacun fasse place à ses créatures, et
c'est aussi, comme on l'a pu voir, le seul inconvénient du métier.

Puisqu'il est bien prouvé que le genre des
occupations ordinaires influe sur le moral de
l'occupé, on peut facilement se faire une idée de
celui du bureaucrate. L'habitude est la passion
qui le domine, et régulier dans ses plaisirs comme
dans ses fonctions, la constance en amour doit
être une de ses qualités distinctives. Pour le
physique, c'est à ne s'y pas tromper. On reconnaît un bureaucrate d'une lieue loin à son allure.
Corps ployé en deux, embarras des mains, voilà
qui le distingue. Il est tellement habitué à tenir
la plume, ne fût-ce que pour en manger le bout
seulement, que le dimanche, privé de ce maintien, il a les mains dans sa culotte ; ou, s'il porte
badine, il la tient infashionablement.

Eh bien ! malgré tous les avantages de la position bureaucratique, il est cependant des gens
qui sont encore à concevoir comment on peut

s'y vouer. J'ai un de mes amis (il est vrai que c'est un amateur de gymnastique) qui ne peut pas en entendre seulement parler sans éprouver des crispations nerveuses , et qui répète toujours à ce sujet cette phrase gymnastique et sublime : *L'éducation fait l'homme ; mettez donc aux prises un spartiate et un bureaucrate , et nous verrons !* Je crois en effet que, pour la lutte, les paris seraient à l'avantage du Lacédémonien ; mais aussi , pour expédier un rapport, pour copier une ordonnance , à quoi serviraient les principes du pugilat , de la course , de la lutte ? Ah ! c'est qu'il ne veulent pas comprendre, ces gens-là , que chaque chose, dans la nature , a sa destination spéciale ; que le lion y est pour rugir et dévorer ; la mouche pour bourdonner et être importune ; que le boxeur y est pour casser des mâchoires , crever des panses ; et que le bureaucrate, homme essentiellement paisible , y passe pour écrire paisiblement ; que cet exercice mécanique abrutit ses facultés morales et anéantit celles physiques ; mais, qu'afin que tout soit pour le mieux, il faut ici bas des imbécilles pour divertir les gens d'esprit, et des écrivassiers pour écrire !

VIII.

Silhouettes.

La Cour des Messageries-Royales.

C'était un de ces voyageurs incommodes et peu
sociaux, qui sont dans une voiture comme un pour-
ceau résigné que l'on mène les pattes liées au marché voisin. Ils commencent par s'emparer de toute
leur place légale, grognent un peu, et finissent
par s'endormir sans aucun respect humain.

DE BALZAC.

De tous les endroits publics ouverts au besoin, à l'inoccupation ou à l'observation des Parisiens, il en est peu qui présentent une plus
grande variété de situations et de détails que
la cour des Messageries royales, vaste théâtre
de tous les genres d'émotions, de toutes sortes
de sensibilités, de scènes tout à la fois intéressantes, bizarres et fantasques.

Dès le matin, l'on voit arriver par toutes les
issues un grand nombre d'amis du voyageur
matinal, qui, après avoir passé une partie de la
nuit à fermer ses malles, a succombé au som-

meil qu'il avait bravé jusque là, et auquel d'agréables songes font oublier l'heure du départ.

Ses parens arrivent à leur tour avec des yeux tout gonflés par l'envie de dormir, et qui, faute de sommeil, ne demandent qu'à pleurer. Les femmes, toujours sensibles, ont négligé les toilettes pour arriver plustôt; les amis sincères, tristes et silencieux, se promènent en songeant à leurs affaires, et toutes ces différentes raisons tiennent éloignés les uns des autres des gens également venus pour le même objet.

Cependant le temps s'écoule, la cour se remplit, les chevaux arrivent, les postillons jurent, les ballots sont pesés : l'activité qui règne distrait toutes les rêveries ; alors on se reconnaît, on se salue, on entre en conversation, on se fait mutuellement part du regret qu'on éprouve du départ d'un ami dont on énumère toutes les qualités, et le voyageur attendu n'arrive pas. — On le remarque, mais qu'y faire ? — Une dame propose d'envoyer chez lui, parce qu'elle pense bien qu'on ne l'engagera à y aller elle-même. — Tout le monde convient que c'est ce qu'il y a de mieux à faire, mais personne ne s'y rend.—D'ailleurs il y a encore cinq minutes, il va

sans doute arriver, et l'on reprend la conversation.

Sept heures sonnent : le postillon enfourche
son grand cheval , un gros homme sort du bureau , la liste des voyageurs en main , et le cri
fatal : *en voiture !* à la bouche. A ces mots, toutes
conversations raisonnables cessent ; de tous les
coins de la cour on s'élance sur la voiture ; on
se presse , on se pousse, on l'entoure; on dirait
que tout le monde veut l'envahir et personne
n'y entre. Déjà on a appelé trois individus , et
le premier est encore balotté entre les embrassemens inconsolables. On ne peut plus se séparer, on a l'air attaché l'un à l'autre : la douleur,
la confusion engendrent les méprises, les femmes
jolies sont plus souvent ou mieux embrassées.
Enfin on monte , les portières se ferment et les
adieux continuent toujours : les uns crient
comme des noyés sans pouvoir se faire entendre;
d'autres se parlent des yeux et se comprennent
mieux. Le coup de fouet du départ retentit, accompagné des cris glapissans de *bon voyage !*
adieu ! merci ! La maison roulante s'ébranle
lourdement, disparaît, et avec elle la foule des
âmes sensibles.

Alors, les amis du retardataire, qui sont venus pour pleurer aussi, sont fort mécontens. Ils restent seuls de cette quantité de personnes qui les entouraient tout à l'heure ; ils s'indignent de la négligence insouciante du cher ami : on avait fait son éloge à l'unanimité, maintenant commence le chapitre des défauts... Mais le voilà qui arrive. Trop peu d'amis l'attendaient déjà, une douzaine le suit encore. Il court tout haletant, embarrassé d'un pesant carrick, un sac de nuit d'une main, un porte-manteau de l'autre : aussitôt on s'élance vers lui ; on lui saute au cou, on lui dit en l'embrassant tendrement que la voiture est partie.... Alors il jure, il tempête, repousse toute caresse, brusque toute affection et monte précipitamment dans un cabriolet qui lui promet de rattraper la diligence. C'est ainsi qu'il quitte une troupe d'amis dont il n'a pas partagé l'émotion qu'ils venaient pour éprouver, et eux se retirent contrariés de ce qu'il ne s'est pas levé plus matin pour consacrer à l'amitié les quatre minutes de rigueur réservées aux doux épanchemens d'une sensibilité gesticulaire.

Voilà le riche parti, il n'a pas fait attention à l'empressement affecté de ses parasites ou de ses débiteurs. C'est fâcheux pour eux. Mais remarquons, pour ce nouveau départ, les adieux mo-

destes et attendrissans de l'humble cultivateur,
entouré de sa femme, de sa fille et de son fidèle
chien. Ici, point de cris, point d'exclamations;
toute la sensibilité de cette scène touchante est
concentrée, et par là, plus expressive encore.
Une larme vient mouiller la paupière de ce
père bien aimé. Il a embrassé sa femme et sa
fille chéries; déjà la voiture qui l'emporte est
bien loin, et les yeux fixés à terre, toujours à la
même place, elles n'ont point encore songé à se
consoler mutuellement.

Point d'apparence de prochain départ et la cour
est encore pleine. Que font donc tous ces gens,
le nez en l'air et en si grand nombre? — Ils attendent. — C'est encore bien pis qu'auparavant.
Là, chacun est poussé un peu par curiosité, un
peu par l'envie de revoir quelqu'un absent depuis
long-temps; par le besoin de savoir d'où il vient,
où il va, ce qu'il compte faire, et surtout par
le désir de lui donner une preuve d'amitié sincère, en étant un des premiers pendus à son
cou.

Mais l'ardeur des chevaux ne répond point à
l'anxiété de toutes ces diverses impatiences. Enfin, un roulement sourd, accompagné de hennis-
semens, se fait entendre; alors, toute la popu-

lation attendante s'élance sur la diligence, l'ac-
compagne en sautillant jusqu'au lieu où elle s'arrête, pénètre des yeux dans tous les recoins, en
obstrue les portières, en arrache et s'en dis-
pute les voyageurs. Les trois quarts au moins de
ceux qui se pressent si fort, le font inutilement;
ce n'est point la voiture qu'ils désirent, mais,
comme ils n'en sont convaincus que plus tard,
ils restent en place entre les attendans et les at-
tendus, coudoyés, heurtés, poussés et témoins
d'une joie qu'ils ne partagent point. Impossible
de faire un pas : on s'embrasse, on se questionne
de tous côtés sans répondre nulle part, et la
foule ne se détache enfin de la voiture dont on
dirait qu'elle fait partie, que quand quelque
malle, tombée de l'impériale, vient troubler la
commune joie et éclaircir la haie des obstruans.
Alors on va à l'écart, c'est-à-dire au milieu de la
cour. Là on respire, on s'embrasse encore, on
pleure de rechef, on questionne toujours. Mais
les élans de l'amitié sont troublés de nouveau :
cinq chevaux d'une autre diligence arrivent au
grand trot, qui renversent et culbutent tous ceux
que l'émotion a empêchés d'entendre le *gare!*
blasphémateur d'un postillon courroucé. Pour
le coup, la foule effrayée, et déjà bien moindre,

se réfugie le long des murs et se disperse en autant de groupes qu'il y a de voyageurs débarqués.
Les fiacres et les citadines en débarrassent la
cour peu à peu , et bientôt d'autres scènes vont
remplacer celle-ci.

Intérieur de Famille.

Oh ! heureux ! quarante-sept fois heureux, l'homme complété dans son existence imparfaite par cette précieuse moitié de son individu, vulgairement appelée madame son épouse ! — Pour lui, le bonheur est une habitude, une nature intégrante dont il peut user à discrétion, comme moi d'un petit pain chez mon restaurateur.

Car, moi, je suis célibataire, et par conséquent réduit à chercher le bonheur dans une *omnibus*, dans une loge de la Gaité, ou à la petite Provence ; obligé pour le tout d'être pénétré de reconnaissance envers un mari complaisant, un amant décharmé, ou un frère borgne ; comme de voir la moindre espérance de félicité soumise au pouvoir d'une averse, d'une rencontre, ou de toute autre fantaisie du destin !

Voilà donc, me disais-je, le sort du célibataire, tandis que l'époux, bicéphale privilégié,

n'a pas besoin, lui, de faire des expériences de
bonheur à domicile ; car ce bonheur, il le trouve continuellement sous sa main ; sans cesse il
est à ses côtés : s'il sort, il le met sous son bras ;
s'il pleut, il le garantit de son parapluie ! A toute
heure il peut lui faire un appel et en user indistinctement, à la lumière du soleil, de la lune ou
de la bougie. C'est ravissant ! Il n'y a qu'une in-
vasion de cosaques qui puisse détruire une félicité pareille, et encore la garde nationale est-
elle là.

Et moi, célibataire, je me désolais à la lueur
de ces tristes réflexions et d'un soleil de midi
35 minutes, quand le tout fut subitement interrompu par une de ces caresses délicieuses qui
vous coupent la respiration.

C'était une amitié de collége que j'avais pour
le moment suspendue au cou.

— Eh ! quoi, s'écria Derville, en reprenant
terre, est-ce bien toi, cher Eugène, que je revois après dix ans de séparation ?

— Moi-même, répliquai-je, en remettant ma
cravate.

— Et ques-tu, que dis-tu, que penses-tu,
qui vois-tu, que fais-tu depuis si long-temps?

— Je suis, je dis, je pense, je vois, je fais,

comme j'étais, je disais, je pensais, je voyais et je faisais, lorsque le sort vint à nous séparer.

— Ah! esprit stationnaire et inébranlable, je te reconnais bien là ! Dix ans de monotomie dans dix années d'existence ! ce n'est pas vivre.

— Eh bien, moi, mon cher, j'ai fait une petite fortune, un bon mariage et des enfans charmans.

— Oh! heureux ami, tu es époux! et tu as des marmots!

— Dis donc des amours. — Tiens, Eugène, pour prolonger le plaisir de cette première rencontre, accepte le dîner de l'amitié; je vais te présenter à ma femme, tu verras mes enfans et tu jouiras du tableau de mon bonheur.

— J'accepte avec reconnaissance.—Ta femme est-elle jolie ?

—Adorable.

— Et jamais jusqu'ici, tu n'as... elle n'a... vous n'eûtes...

—Dieu ! si un homme osait regarder mon Albertine, je lui passerais tout un arsenal au travers du corps !

— Sois tranquille, Derville, j'aurai toujours les yeux fixés sur mon assiette.

— Eh ! tu penses bien que je ne dis pas ça pour les anciens camarades comme toi.

— Oh ! époux magnanime et ami généreux !

Déjà nous commencions à entamer le quatrième étage d'un escalier assez étroit, lorsque je fus frappé d'un bruit très-confus, mais fort glapissant. J'allais m'informer de la cause d'un effet aussi incommode, quand mon ami me dit d'un air triomphant : — Entends-tu mes petits gaillards ? quel vacarme ils font là-haut ! C'est toute la journée comme cela.

Dès-lors, je trouvai fort gracieuce cette expression d'une joie enfantine.

— Ohé ! ohé ! v'là papa, cria, en ouvrant la porte, un gros joufflu de cinq à six ans, qui entra au salon, la tête entre les jambes de son père, après quoi il faillit me jeter à la renverse, en me gratifiant de la même gentillesse, pendant que je présentais mes salutations respectueuses à madame Derville.

Apercevant un monsieur qui paraissait être de la famille, je demandai à Derville si c'était un parent de sa femme. C'était un ami de la maison qui voulait bien partager les plaisirs, les peines et parfois le dîner des deux époux.

A peine fus-je assis, que mon ami appela Char-

lot, pour me le faire voir. Charlot, bourrelet
en tête, bavette au menton et tartine en main,
accourut gaîment à la voix de son père. D'après
l'ordre de me donner la main, Charlot me frap-
pa plusieurs fois la cuisse avec cordialité. Malheureusement c'était de la main qui tenait la
tartine, et mon pantalon fut couvert de confitures. J'embrassai Charlot, alors j'en eus plein
le visage.

Ceci fait, on appela Fanfan ; mais Fanfan et
son gros joufflu d'aîné étaient trop affairés pour
répondre : tous deux traînaient une espèce de
voiture.... c'était mon chapeau de *sylvestrine*
que ces messieurs avaient attelé d'une ficelle.
Non ami me fit admirer dans cette circonstance
combien ses fils étaient ingénieux pour leur âge.
Je tenais mon chapeau en bois de la munificence
de l'inventeur, je ne répondis rien.

— C'est surtout l'aîné qui est précoce, reprit-
il, c'est un vrai diable ; aussi j'en ferai un militaire de celui-là.

— Oui, j'veux être gendarme, moi, cria le
gros joufflu. — Puis sans doute pour nous convaincre de son goût décidé pour les armes, cet
aimable enfant se mit à faire résonner mon chapeau, transformé en tambour, sous les coups

redoublés d'une baguette et d'une cuiller à pot.

L'arrivée de madame Derville vint mettre un terme à ces exercices belliqueux. Elle avait fait, comme on dit, un bout de toilette et nous passâmes à table.

Je fus pour m'asseoir, mais on avait retiré ma chaise, et sans l'adresse de mon ami, qui me rattrapa en route, j'allais me casser les reins à jeun, grâce à une innocente espiéglerie. On en rit beaucoup.

J'étais placé entre Derville et son fils aîné. Madame était entre Fanfan et le monsieur de la maison, lequel se chargeait de faire manger M. Charlot. — Oh! admirable dévouement de l'amitié!

Pendant la première demi-heure, j'eus à essuyer des excuses de la part de madame Derville, sur le mauvais dîner qu'elle allait me donner; mais elle avait été surprise; son mari n'en faisait jamais d'autres! J'excusai mon ami avec chaleur, puis je secouai ma culotte; déjà mon jeune voisin m'avait donné neuf coups de pied.

On parla politique, modes, spectacles. L'ami de la maison prit la parole; il ne pensait pas comme Derville, sa femme n'était jamais de son avis; il fut décidé que mon ami était un exalté.

Un événement vint changer le cours de la conversation. La domestique qui apportait un superbe poisson nageant dans la sauce, vint pour le placer devant moi. Malheureusement, mon jeune voisin voulant savoir savoir avant tout le monde ce que contenait un si grand plat, s'accrocha à l'un des bords pendant qu'il était suspendu sur ma tête, et, en un clin d'œil, tout mon individu eut l'apparence d'une matelotte.

A ce coup, grande rumeur. Madame voulait chasser la domestique à cause de sa maladresse; mon ami assurait que c'était moi qui avait haussé la tête; moi je dématelottais cette tête coupable, tandis que l'ami de la maison nettoyait mon habit.

Oh! artiste estimable, qui le premier transformâtes un manche de gigot en vase nocturne à l'usage d'un marmouzet, que de coups de crayon vous eût fournis l'intéressante famille de mon ami !

Au dessert, le calme sembla renaître : Charlot avait été emporté à la cuisine avec le second service ; Fanfan, perché sur sa haute chaise, y dormait paisiblement; mais cette tranquilité apparente était le prélude d'un autre orage.

Pour me donner une nouvelle preuve de l'affection particulière qu'il m'avait témoignée jusque-là, mon jeune voisin, trouvant ma part plus copieuse que la sienne, se mit à pêcher dans mon assiette à pleines mains, par manière de *dinette*. Son père s'en aperçut et lui débita à ce sujet une phrase morale accompagnée d'une chiquenaude paternelle, à quoi l'enfant répondit par des hurlemens épouvantables. Furieuse, l'œil en feu et l'injure à la bouche, madame Derville s'élança sur son mari, s'écriant qu'elle ne voulait pas qu'on battît *son enfant*. L'ami de la maison s'interposa, tous les marmots se mirent à pleurer en chœur, et moi, persuadé de la triste figure que devait faire un étranger dans ce charivari, je pris mon chapeau et m'échappai.

Je n'avais pas descendu deux étages, que je m'aperçus que j'avais oublié mes gants. En remontant j'entendis ce même bruit qui m'avait frappé la première fois, mais d'une manière beaucoup plus distincte celle-ci. Une voix colère et animée prononçait les mots de *monstre*! de *tyran*! — J'ouvre... Au même instant, une carafe, qui se promenait dans l'espace, vient frapper l'angle de la porte, crie, se brise et retombe sur moi en pluie et en éclats.

Madame Derville avait disparu ; mon ami me fit des excuses de ce que sa femme s'était comportée ce soir-là *comme un enfant*. J'agréai le tout comme j'avais reçu le poisson à la sauce et la carafe d'eau fraîche, c'est-à-dire avec l'air de la plus grande satisfaction, et je descendis vite les quatre étages, me promettant bien de ne les plus remonter.

Mais une fois dans la rue : — Eh quoi ! m'écriai-je, le bonheur conjugal ne serait-il qu'un **vain mot** ! **Un époux ne serait-il qu'une** éponge de ménage ! Un chef de famille est-il destiné à être coiffé d'une carafe, si un ami généreux ne se rencontre pas là qui la reçoive pour lui !...
— J'y réfléchirai.

Le Mystificateur.

———

Bien qu'en débrouillant le cahos, le créateur
semble n'avoir rien oublié pour le perfectionne-
ment de la belle nature, cependant les humains
ont encore trouvé des motifs de créations secon-
daires, dans les premiers élémens d'existence
universelle. De là, l'invention de la guillotine,
des bretelles, de l'omnibus et du gendarme,
comme aussi celle sans doute prochaine des promenades à ânes dans Paris, du pain de farine
de caillou et des voyages à heures fixes en aé-
rostat.

Des besoins ou des caprices de la société naissent ainsi de nouvelles conceptions, et le mystificateur est une de ces heureuses créations de
la civilisation en goguette, mais que de trop
rares sujets savent convenablement interpréter.
Quelle masse de qualités précieuses ne faut-il
pas à cet être froid, et impassible au milieu des

grands événemens qu'il improvise, seul calme parmi tous les gens qu'il agite et met en révolution autour de lui ; enfin, à ce grand mécanisme social caché sous un habit bourgeois, qui, suivant son malin plaisir, fait pivoter, reculer, voire même sauter en l'air tous les petits rouages auxquels il donne le mouvement, sans qu'ils sachent d'où leur vient si violente secousse ! Comment se figurer en effet que l'auteur des scènes les plus grotesques est précisément celui qui, placé à votre côté, partage votre étonnement, de l'air le plus sincère ? Comme ce mystificateur de bonne maison, qui, à la table du prince Eugène, appela, l'un après l'autre, tous les convives, avec la voix différente de chacun de leurs valets, et se procura ainsi le double plaisir de joindre son apparente stupéfaction à celle de tous ces généraux, après les avoir fait courir dans le vestibule où ils avaient inutilement cherché et juré dans tous les sens.

Le mystificateur est généralement honoré à cause des rares et précieux priviléges qui le distinguent : car à lui seul le mystificateur est une puissance, et compose une véritable aristocratie sociale : c'est qu'il y a plus de comtes, de marquis, de barons, que de ventriloques et de

prestidigitateurs. Quelle reconnaissance ne mérite pas cet être qui, faisant abnégation de sa
dignité, se consacre tout entier, et gratis encore, à l'amusement de ses semblables! L'ennui
règne-t-il dans un salon, il s'échappe par la fenêtre dès que le mystificateur franchit le seuil
de la porte ; tous les fronts se dérident, et l'on
s'apprête à rire ; mais aux dépens de qui? Voilà
la question ; car c'est l'ennemi de tout le monde
qui entre là ; et quand il a fini de serrer la main
à chacune de ses connaissances, chacune d'elles
peut craindre de devenir son jouet de la soirée.
Cependant, là, comme ailleurs, se trouvent les
prédestinés : quelques pauvres vieux avec leurs
ridicules, les mamans avec leurs épagneuls et
leurs parapluies. Pour les jolies femmes, la
courtoisie n'en fait que de joyeuses spectatrices ;
et pour de mâles amours-propres, il est toujours dangereux de les froisser. Voilà justement
le côté désagréable de la mystification, parce
qu'il répugne à un honnête homme, qui n'a que
le défaut d'être trop gai, d'aller tuer quelqu'un
qu'il a caricaturé.

C'est la pénible nécessité dans laquelle se
trouva, il y a quelque temps, un individu bien
connu dans Paris pour professer la mystification,

19

màis en détail seulement; ce qui ne lui mérite
que le modeste surnom de *farceur*. Tendre nui-
tamment une corde pour culbuter bêtes et gens,
attacher après un équipage arrêté l'étalage
d'un marchand de marrons, pour le voir, lui et
tout son attirail, entraînés par les chevaux :
voilà des tours de sa compétence. Mais son
passe-temps favori, c'est, dans la rue, de se jeter
bras ouverts au cou de toutes les jolies femmes,
et de les embrasser comme du pain de gruau,
quitte ensuite à trouver une excuse à cet enthousiasme de bon parent dans leur ressemblance extraordinaire avec une cousine ou belle-
sœur bien-aimée. Pour les hommes, même excuse, mais non même traitement : la démons-
tration amicale se borne à une de ces petites
tapes sur le ventre, qui, savamment combinées,
suspendent pendant quelques minutes la plus
solide respiration.

Un jour, traversant la cour des Messageries,
notre farceur voit descendre de diligence un
enfant de la Tamise, à l'abdomen protubérant.
Bientôt le malheureux est gratifié de l'accolade
mystifiante, et, après le pénible recouvrement
de sa respiration étranglée, il reçoit explication
de la méprise et se retire en demandant hon-

nètement pardon du mauvais coup qu'il a reçu.

A quelques jours de là, comme il passait avec un ami sous la sombre voûte de l'ex-passage Feydeau, notre individu aperçoit, s'avançant devant lui, un ventre majestueux ; aussitôt il quitte son compagnon, et pan! d'un coup artistement appliqué, le voilà qui suspend brusquement une existence digestive. C'était l'Anglais débarqué. A l'accueil, à l'excuse, de suite il reconnaît le faux parent de tous les gros ventres, et il demande réparation de l'insulte faite au sien. Le lendemain, pour réparer les choses, le mystificateur donna à travers cet infortuné ventre un coup d'épée qui l'empêcha de revoir pour jamais la Grande-Bretagne.

Ceci rend fort désagréable le rôle de mystifié, et, dans ce cas, mieux vaut rencontrer des farceurs aussi pacifiques que celui qui, ayant reçu un vigoureux soufflet d'un mécontent, lui demandait, presque fâché, s'il plaisantait, et sur une réponse négative : — « A la bonne heure, monsieur, reprit-il dignement, car je ne souffre jamais des plaisanteries de ce genre-là ! »

Une Fenêtre.

L'imagination est le plus heureux don que le ciel ait pu faire à l'homme : elle pare de ses couleurs les tristes réalités de la vie ; l'amour lui doit ses plus douces illusions, la gloire ses plus séduisans transports, toutes nos passions leurs plus délicieux plaisirs. Que deviendrions-nous, abandonnés au monde positif, réduits à voir toutes les choses humaines dans leur étroite nudité, et condamnés à découvrir les vanités de tout ce qui nous environne ?

Quel charme dans ces découvertes de l'imagination qui prête mille saillies à une jolie bouche qui se tait, mille beautés au visage d'une femme voilée, qui embellit à l'avance un plaisir qui se prépare, et tourne au profit de notre bonheur toutes les incertitudes de l'avenir.

J'étais bien jeune alors : j'étais venue passer quelque temps à Paris. Je m'étais logée dans un

petit appartement de la rue de Louvois ; je re-
marquais, depuis quelque temps, un homme
d'un certain âge, logé en face de mes fenêtres.
Sa figure était respectable, son attitude noble
et simple, et le matin j'aimais à le voir appuyé
sur son balcon, et préoccupé de pensées qui me
paraissaient graves et tristes. Un jour, j'aperçus
à ses côtés un jeune homme, dont la vue semblait lui plaire, avec lequel il conversait fami-
lièrement, et qui répondait avec un aimable
sourire aux discours qu'il paraissait lui adresser.
Il était pâle et souffrant : si je ne me trompe on
aurait pu dire qu'il fût bien, mais la solitude de
mon respectable voisin, m'avait semblé si pénible, que je me sentis aise de lui voir un compagnon, et le bien qu'il lui fesait me réjouissait
intérieurement.

Il m'est impossible de redire tout ce qui se
passa en moi : l'âme a des secrets qui nous
sont inaccessibles et cède à des influences mys-
térieuses qu'il nous est interdit de découvrir.
Ce que je me rappelle bien, c'est qu'au bout de
quelque temps, je me trouvai initiée à toute
l'existence de ces deux inconnus. A travers la
gaze qui couvrait mes vitres je me plaisais à les
suivre, à les observer. Ce n'était pas curiosité.

J'aurais pu très-facilement savoir qui ils étaient, leur nom, leur fortune, leur condition. Je ne le voulus point. Je trouvais je ne sais quel charme à ne les connaître que par moi-même, à renfermer en moi seule le secret de cette liaison, à les laisser environnés de toutes les illusions que j'avais créées pour eux.

Je fus bientôt convaincue que mon voisin était un homme de bien, séparé de la société qui lui déplaisait, concentré dans son existence intérieure, et qui ne trouvait de bonheur que dans ses livres et la société de son fils.

Son fils! que de vertus je me plaisais à lui donner, que son caractère était simple et bon, son esprit aimable et gracieux! quel sourire naïf et piquant accompagnait tous ses discours, de quels soins il entourait le compagnon de son existence! Je m'habituai tant à le considérer, que je le regardais presque comme un ami. Pendant quelque temps, les fenêtres de leur appartement restèrent fermées; ils étaient sans doute à la campagne, car je n'avais rien remarqué qui pût annoncer un départ irrévocable. Leur absence me rendit triste, il me semblait que j'étais seule, mon logis m'était à charge. Ils revinrent enfin. Comme j'étais heureuse de les revoir! j'aurais retrouvé de vieux amis que je n'eusse pas été plus contente.

Le jeune homme me parut fatigué : sans doute son voyage avait été long; j'espérais que le repos de la ville réparerait ses forces. Je vis avec douleur que les traces de la souffrance ne s'effaçaient point. Après quelques jours, je vis paraître un petit homme noir qui s'approcha de la fenêtre, d'abord avec le malade, puis avec son père; celui-ci paraissait tout consterné. Il levait au ciel ses yeux remplis de larmes; le petit homme lui prenait les mains et cherchait à le consoler. Je ne pus en douter, c'était un médecin; il apportait de mauvaises nouvelles; il avait jeté le désespoir dans le cœur du pauvre père.

S'ils avaient su comme je partageais leurs douleurs, je suis sûre que cela leur eût fait du bien. Dans la tristesse on aime à trouver un cœur qui réponde aux angoisses qu'on ressent, et les chagrins sont moins cuisans quand ils sont partagés.

Cependant je vis bientôt que le mal s'aggravait; la fenêtre s'ouvrait plus tard le matin, et se fermait plus tôt le soir. Le jeune homme n'y paraissait plus que fort rarement; l'homme noir venait bien plus souvent. Je jugeai que le danger devenait imminent. Combien ce spectacle me faisait de douleur. Je n'ai jamais pu songer à la mort d'un jeune homme sans que mon œil se soit mouillé de larmes ; et celui-là méritait tant de vivre. Il était si affectueux pour son père, si simple, si bon ! Ce malheureux père, à quel désespoir il allait être livré. La mort de nos enfans est le coup le plus funeste qui puisse nous frapper : c'est un renversement de l'ordre naturel , c'est la destruction du sentiment le plus profond, le plus énergique, que le ciel ait placé dans le cœur des hommes.

Un soir , j'étais rentrée plus tard qu'à l'ordinaire , plusieurs lumières éclairaient l'appartement de mes pauvres voisins. De temps en temps, malgré la nuit, on venait ouvrir la fenêtre. Plus de doute la maladie était arrivée à son période le plus dangereux. Le jeune homme, en proie à de cruelles oppressions , avait besoin d'air ; et peu d'espoir restait sans doute sur les résultats ultérieurs. Je passai toute la nuit debout ; je ne pouvais aller chercher le repos quand je voyais si près de moi la désolation et la mort. A deux heures du matin la fenêtre s'ouvrit pour la dernière fois et ne se ferma plus.

Les lumières s'éteignirent. Je n'entendis aucune parole, aucune plainte, et mon cœur se serra ; une horrible angoisse s'empara de moi.

Le lendemain la maison était tendue de noir....... Je quittai mon appartement et je n'y suis pas rentrée depuis ce jour.

Le Dimanche à Paris.

Dieu, comme l'assure la sainte histoire, travailla pendant six jours et se reposa le septième. Et tous les catholiques, apostoliques, romains, qui n'ont pas créé le monde, qui même ne font pas grand'chose dans la semaine, se reposent le septième jour catholiquement, apostoliquement, romainement. Or, ce jour de délassement est le dimanche, et, comme chacun a le droit de se délasser à sa manière, c'est assez ordinairement celui où bon nombre de chrétiens se fatiguent le plus.

Ce jour de fête hebdomadaire :

Les dévotes vont promener leurs chiens; de là elles vont à l'église entendre la grand'messe, le sermon et les vêpres, après quoi elles passent charitablement le reste du jour à dénigrer le prochain.

L'étudiant récompense la grisette pour sa

constance de toute la semaine, en allant rever-
dir sa fidélité dans les bois de Boulogne, de Ro-
mainville ou de Montmorency.

Les boutiquiers délogent dès le matin, et les
uns en citadines ou en tapissières, les autres en
coucous ou à pied, ils se répandent dans la ban-
lieue, et vont faire la fortune des restaurateurs
de Versailles et de Saint-Cloud, de Montmartre
et de Viroflay.

Protégé par Mlle Françoise, le troupier dépose son briquet à la porte du Musée, et interprète militairement tous les faits et gestes de
M. Ajax, ou de notre Seigneur Jésus-Christ.

Fort décontenancé de n'avoir ni réprimandes
ni flagellations à administrer, le vertueux maître d'école bat toute sa garderobe.

Le bourgeois, avec sa femme sous un bras, son
épagneul et son parapluie sous l'autre, va voir
les animaux du Jardin des Plantes.

L'homme du peuple remplit ses poches de
tout ce que la maison renferme de monnaie,
emmène madame son épouse et ses enfans à la
barrière; là, se satisfait à dix sous la pinte; rentre chez lui après quelque aventure, bat sa
femme, casse les meubles; puis s'endort très-
content de sa journée.

Le bureaucrate, que ses fonctions retiennent toute la semaine de 10 à 4 heures, et qui ne peut voir ses amis que le soir, fait ses visites, afin de ne pas avoir l'air d'un oiseau de nuit. Sur les midi, il sort en habit noir, linge blanc, bottes éblouissantes, court les quatre coins de Paris sans rencontrer personne, et rentre crotté, contrarié, éreinté.

Celui qui observe le plus religieusement le repos prescrit par les lois apostoliques et romaines, c'est l'homme aisé. Pour lui, le dimanche dure toute la semaine, et le septième jour il est condamné à l'inaction. En effet, tout le monde s'amuse ou en a l'air, tout le monde a une chemise blanche et un habit propre, l'homme *comme il faut* peut-il faire comme *tout le monde?* Aussi, aux Tuileries point de fashionables, ni de toilettes de bon ton, le dimanche. Au bois de Boulogne, point d'équipages élégans, ni de fougueuses cavalcades. Pour eux, point de spectacles, point de fête le jour où le plus grand nombre en profitent! Si la nécessité les force par hasard à sortir, leur mise simple par affectation les distingue des *endimanchés*. Enfin, pour ceux-là, le repos, c'est l'ennui !

Malheur aux citadins qui, par un beau temps,

restent dans Paris le dimanche. Rien n'est plus
triste ordinairement ; le matin , il n'y a de mouvement que celui du départ pour les environs ;
le jour, un silence monotone remplace le bruit
habituel , et le soir, toutes les boutiques fermées,
les rues désertes , attestent l'absence de la plupart des habitans.

Cependant, comme le jour du dimanche n'est
pas plus long que les autres, ainsi que tous les
autres il finit à minuit, et , vers cette heure ,
renaissent l'agitation , la cohue et le bruit , frac-
tions intéressantes des charmes de la grande
ville. Affluant de tous les points circonvoisins
vers un centre commun, des milliers de groupes
débouchent par toutes les barrières, et emplis-
sent les rues de leurs flots tumultueux. Les voi-
tures se croisent, les piétons chantent, les ivro-
gnes jurent, les enfans pleurent, et tous également
ment harassés regagnent leur logis du plus loin
qu'ils ont pu aller.

C'est ainsi que les Parisiens entendent le repos
du septième jour.

La Fin du Mois.

La foule qui encombre les rues paraît plus
active que de coutume; les cabriolets de place
se croisent dans tous les sens; l'activité générale
semble s'être communiquée même aux fiacres,
dont quelques-uns risquent le trot; mille garçons de caisse se coudoient, l'épaule chargée de
sacs d'argent, dont chaque heure de la journée
vient augmenter le poids; les huissiers trottent
suivis de leurs recors; les avoués préparent leurs
dossiers; l'audience du tribunal de commerce est
surchargée; on court, on se presse, on se heurte,
on se rencontre sans se voir, on se salue sans se
parler, tout indique une époque importante, une
crise prête à se déclarer. Quelle est la cause de ce
mouvement extraordinaire? C'est la fin du mois,
qui, amenant l'échéance d'un grand nombre de
dettes de commerce, vient se placer au milieu
des relations sociales, et apporter aux uns l'in-

quiétude et la ruine, aux autres le bonheur et
l'aisance.

Dans ce jour solennel, on ne reconnaît plus
la différence ordinaire d'opinions, d'état, de
fortune ; les réputations sont sans influence, les
titres sans valeur, la beauté même sans empire ;
on ne distingue plus que deux classes d'hommes,
les créanciers et les débiteurs ; les premiers, ac-
tifs, pressans, impérieux, portent la tête haute
et le regard sévère ; on les voit ouvrir leurs por-
tefeuilles, lire avec avidité les billets qu'ils
renferment, donner des ordres aux commis
qu'ils rencontrent, repousser durement les sol-
liciteurs qui les importunent, et répéter sans
cesse : « De l'argent, c'est de l'argent qu'il me
faut. » Les débiteurs, humbles, supplians, dans
l'attitude du malheur, vont frapper à toutes les
portes, implorer des délais, fouiller dans la
bourse de leurs amis ; on en voit qui se glissent
dans les bureaux du Mont-de-Piété, entourés
de ballots de marchandises ; quelques-uns, plus
imprudens, vont tenter la fortune et engloutir
leur dernière ressource, en demandant aux
chances du jeu de la multiplier.

Quelle est cette réunion de jeunes gens qui
entrent chez un restaurateur ; avec de grands

éclats de rire? Ce sont des comédiens du boulevart, des auteurs dramatiques, qui ont
touché leurs appointemens, et s'empressent
de faire succéder un bon repas à quelques jours
de jeûne auxquels leur imprévoyance les avait
réduits. Quelle joie bruyante va présider à leur
festin! au milieu des chants et des propos plai-
sans, ils vont oublier la veille et le lendemain ;
ils sont accoutumés à ne compter qu'un jour de
plaisir sur trente, ils ne vivent que pour la fin
du mois!

Une gaîté plus douce brille sur le visage de
ce jeune homme. Employé chez un banquier, il
vient aussi de recevoir le prix de son travail. Il
s'empresse de le partager avec son vieux père
indigent. Oh! comme il va le serrer dans ses
bras; comme il sera heureux de lui rendre son
existence plus douce et ses besoins moins pressans !

Une foule de scènes variées, pittoresques,
pleines de réflexions, se dessinent au milieu du
mouvement. Ici, un ménage, que l'embarras allait désunir, va se trouver réconcilié ; là, un
jeune homme obtient le rendez-vous qu'une
beauté spéculatrice lui refusait hier; ailleurs,
un élégant fait sourire le tailleur dont la visite

sévère l'avait glacé d'épouvante. Que de figures, qui s'étaient allongées de toute la longueur du mois, ont repris de l'enjouement! Que d'estomacs à jeun ont retrouvé leur vigueur : que d'épaules transies de froid se sont couvertes du manteau protecteur! Partout, le jour consacré aux paiemens se présente comme un bienfait du ciel, qui rétablit l'équilibre, ramène l'aisance et répand le bonheur.

Bientôt tout sera rentré dans l'ordre accoutumé; demain les commis auront regagné leurs bureaux; dans quelques jours, une dépense mal calculée aura fait reparaître la gêne; mais ils auront eu quelques instans de bien-être, et ils sauront attendre avec courage, que le temps, dans sa course bienfaitrice, vienne, pour les consoler, leur ramener la fin du mois.

Le Provincial.

Le voyez-vous descendre de diligence avec cet air assuré que donne la connaissance de son propre mérite?

Eh bien! c'est un provincial.

Il est le plus bel esprit de son *endroit*, il est abonné au *Constitutionnel*, il *travaille* au journal du département, il y est la pluie et le beau temps, il fait la charade à ravir, l'amour, de manière à faire tourner la tête à toutes les femmes de *chez lui* et à être forcé de faire souvent le cruel.

Notez ensuite que sa ville natale est la patrie d'un académicien, d'un maréchal-de-camp, d'un peintre qui a été envoyé à Rome aux frais du gouvernement, et d'un sous-chef de bureau au ministère des cultes; qu'ensuite elle est célèbre par la hauteur des tours gothiques de sa cathédrale, par l'accident arrivé en 1371 à un fils du roi qui s'y cassa la jambe, et par la mort d'un archevêque qui vint y finir ses vieux jours.

Vous sentez qu'avec de pareils antécédens, le débarqué n'est pas un homme de peu d'importance, et que c'est la tête haute qu'il peut se présenter partout. Aussi le voilà qui fait le dégourdi dès l'arrivée : « Capédédious, s'écrie-t-il, en quittant le marche-pied, qué les diligencés sont mauvaisés à Paris ! » — Et il appelle un commissionnaire, puis il est tout étonné qu'un air moqueur accueille ses questions, et qu'un sourire malin de la part des passans termine l'analyse de son individu. Dans les promenades, il s'aperçoit qu'il est en arrière des modes, lui « qui les fésait vénir dans son endroit. » De par le monde il trouve « plusieurs étrangers ridiculés à cause de leur *assent.* » Il se moque de l'Alsacien et du Breton, et « trouvé mèmé qué lé Parisiens ont généralement uné mauvaisé prrrononciation. »

« Pouré moi, jé né rien à craindré, dit-il, et il sérait bien malin, célui-là qué m'attrapéré, j'ai tant lu, jé mé suis tant instruit avant mon départ, jé pris tant dé conséils, et enfin jé suis si fin moi-mèmé !... » Et il veut se moucher, que déjà on lui a emprunté son mouchoir ; il achète

une chaîne de sûreté, et on lui a volé sa montre;
il paie 10 fr. une paire de lunettes en or, et quand
il veut les changer on lui demande 8o fr. de
retour. Il n'est encore là que dupe de la petite
industrie; arrivent ensuite les amis impromptus
qui lui prodiguent la plus grande preuve d'estime
qu'un galant homme puisse donner à un autre
galant homme, lui emprunter de l'argent; —
les marchands de confiance qui éprouvent la
sienne; les femmes à l'air sensible, qui font les
cruelles en diable; les maisons de jeu et leurs
habitués, lesquels commencent par perdre quelquefois et finissent par gagner toujours; — enfin ces *Cicéroni* obligeans qui le conduisent aux
spectacles, aux cafés et à toute espèce de curio-
sités, sans jamais se permettre de payer leurs
places.

Sous le rapport zoologique, le provincial appartient à la classe des bimanes de la seconde
espèce. Il a le verbe haut, le teint carminé, la
peau rude, la taille matérielle, le dos légèrement voûté, les épaules saillantes, les bras en
dehors, les jambes en dedans, les mains et les
pieds généralement hors de proportion avec le
reste de son corps, sans doute à cause de l'exercice perpétuel dans lequel il les entretient. Pour

lui, marcher est la condition première de l'existence. Lorsqu'il se trouve à Paris, il a déjà fait, avant que personne soit levé à son hôtel, le tour des quais et des boulevarts ; sur chacun il achète un chausson ou un morceau de flanc, mais cela ne nuit en rien à son estomac, chez lequel tous les poteaux qu'il heurte accélèrent prodigieusement la digestion.

Ses habitudes, ses manières ne sont pas moins drôles que sa personne : il se croit, à tous propos, obligé de faire du patriotisme de terroir ; chaque fois qu'il tousse, il se lève pour aller cracher dans un coin, ce qui devient extrêmement fatigant quand il est enrhumé ; il salue les convives avant de boire ; rit tout seul avant de faire un calembourg ; approche la table de sa chaise ; demande chez Véry de la soupe et du bœuf aux choux ; appelle le garçon *monsieur*, la carte à payer, son *mémoire* ; relève ses cheveux trois fois par minute, ses manches jusqu'aux coudes et son pantalon jusqu'au genou. Il aime de prédilection les couleurs tranchantes ; aussi le voyez-vous, la plupart du temps, sous poil carotte ou jonquille, avec des souliers cirés au jaune d'œuf, des boucles d'oreilles et des gants verts.

En un mot, le provincial est un être inconcevable, qui va aux Français en 1831, se croit à l'Opéra chez Franconi, achète du sucre d'orge dans l'entr'acte, marchande un billet de spectacle au bureau, prend la statue de Henri IV pour celle de Napoléon, Taglioni pour madame Saqui, et prétend l'avoir vue danser sur la corde dans son endroit; qui s'extasie devant les figures de cire ornant la boutique du coiffeur, bâille en entendant Paganini, ôte son chapeau à mesdames les ouvreuses et cause avec les claqueurs.

Promenade aux Tuileries.

Le temps était superbe. Le devoir ni le plaisir ne m'appelaient ailleurs, je fus aux Tuileries. Le dimanche est presque un événement dans ce jardin : pour les uns, parce que c'est le seul jour où, décemment, ils ne peuvent y aller ; pour d'autres, parce que c'est le seul jour où ils y vont. Le fait est que, pour tous de même, cet événement n'arrive qu'une fois la semaine.

Me voilà donc seul, observateur par instinct, critique par désœuvrement, détaillant les élémens de la civilisation endimanchée.

D'abord, devant le trottoir qui précède la grille, point de ces riches équipages, de ces chevaux impatiens, qui, échantillons d'opulence, indiquent à l'avance quelle sorte de promeneurs parcourt la royale enceinte. Mais à leur place, des groupes arrêtés, une foule compacte, de la

cohue déjà. Les sentinelles n'étaient point alors,
comme les autres jours, dans cette extatique
indifférence qui constitue le décorum militaire.
Loin de se promener, elles et leurs bagages avec
cette régularité symétrique que dérange rarement l'apparition de quelque officier, elles
étaient là se multipliant du geste et de la voix,
arrêtant tabliers, casquettes et paquets, et ex-
pliquant à un Anglais, l'une en suisse et l'autre
en breton, comme quoi son grand chien de
Terre-Neuve ne pouvait le suivre sans une préalable formalité : une chaîne au col ou une
baïonnette à travers le corps.

Au-dessus du grand escalier, sur la terrasse
des Feuillans, balcon habituel des chasseurs,
grooms et jockeis, point de ces livrées impé-
rieuses, servitude en bariolage, cartes de visites
animées des maîtres qu'elles représentent : toujours de la foule, sur l'escalier même, où existe
une complète stagnation de bipèdes, le tout
parce qu'une mère, trop vive pour différer jusque chez elle la bourgeoise indignation qui la
suffoque, bat comme plâtre sa progéniture gla-
pissante dont le pied imitant par mégarde la
main qui retient sa robe, y a occasionné une
brusque cessation de continuité.

Enfin , me voilà parvenu non sans peine dans
la grande allée. C'est là que les yeux , les nari-
nes, les oreilles les plus exercés, ne pourraient
analyser les ridicules d'une foule dont chaque
membre en réunit ambitieusement plusieurs à
lui tout seul. La contenance , la démarche avec
accessoires, tels qu'ombrelles, parapluies ou car-
lins ; la conversation avec ses agrémens, tels
que gros calembourgs ou dissertations culinaires;
l'accoutrement avec ses variantes; voilà bien
des sujets de divertissante occupation pour un
désœuvré! L'incertitude de la saison jette le
plus burlesque contraste dans les toilettes des
promeneuses : les unes , craignant les rhumes ,
sont couvertes de fourrures, et sous les rayons
chaleureux d'un soleil passager, elles prétendent
qu'il fait encore un peu frais! Les autres, en
costumes légers et tout-à-fait champêtres, af-
frontent bravement les bourrasques d'un temps
capricieux , et quant à tous ces divers chapeaux
qui se rencontrent partout , mais dont la forme
n'est dans aucun magasin , ils feraient supposer
que l'industrie en est arrivée au point de confectionner les modes par procédés mécaniques
ou à vapeur.

Pour échapper à ce tourbillon hétéroclite , je

me dirige vers un autre point moins fréquenté,
sans être désert comme les petits bois où errent
mystérieusement quelques couples timides ; je
m'achemine vers la petite Provence. Le jardin
des Tuileries est grand, bien distribué; et c'est
dans une même allée cependant que le monde
se promène. On y est gêné, pressé, poussé,
écrasé, foulé; c'est égal. On a la douce satisfaction d'y rencontrer du monde, et partant des
caricatures, de médire du prochain ; c'est charmant ! A la petite Provence, au contraire, un
abri contre le vent, un tapis de verdure sous les
yeux, et la douce chaleur d'un premier soleil ;
voilà qui convient parfaitement aux rhumatismes et aux culbutes. Aussi n'y voit-on que des
vieillards et des marmots, c'est-à-dire ceux qui
ne connaissent point encore le monde et ceux
qui le fuient. La joie enfantine avec ses cris est
un peu étourdissante, il est vrai; mais elle offre
l'image d'un commencement de bonheur. Parfois encore, tandis que pour son plaisir, ou
dans l'intérêt de l'art, on détaille les traits délicats d'une jolie bonne d'enfant, on reçoit bien
une balle sur le nez, un cerceau à travers les
jambes, ou du sable dans les yeux ; après tout,
chaque chose a ses inconvéniens, et ces der-

niers ne sont rien en comparaison de ceux du grand monde.

Arrivé à la petite Provence, sujet de ces réflexions, les petits cris de l'aimable enfance se trouvèrent changés en véritable hurlemens, comme leurs jeux innocens en combats à outrance; une douzaine de solides adolescens, placés au sommet de la butte, en repoussent autant d'assaillans avec une vigueur fatale à plus d'un habit et à plus d'une mâchoire. Les batailleurs se cherchent et s'accrochent, les taloches circulent, les vainqueurs crient, les vaincus piaillent, une poussée arrive, et la pente refusant un appui, tous crient, tombent et roulent au préjudice des caboches et des pantalons. — Appuyé sur une balustrade, il est un spectateur que cette mêlée semble intéresser au plus haut point : c'est M. Bouilly, le Berquin de l'époque; dans le premier conte à ses jeunes amis, il aura su tourner au profit de la morale et de la vertu tous les coups de poings si généreusement distribués devant lui.

Ayant assez des Tuileries pour ce jour-là, et même pour plusieurs dimanches, je traversai rapidement les terrasses pour les quitter ; comme j'allais en sortir, arrive un élégant ca-

briolet. Une jolie petite femme, toute frémis-
sante de son orgueilleuse toilette, en descent légèrement avec un fashionable; celui-ci me voit
et me salue, je le regarde en en faisant autant.....

C'étaient mon tailleur et madame son épouse !

Le Claqueur.

Du monde entre ses mains j'ai vu la destinée...

Paria de la profession littéraire, le Claqueur est à l'art dramatique un véritable enfant d'Helvétie, vendant son bras et sa voix à toute puissance qui les paie, toujours prêt à imposer par la force une conviction qu'il ne comprend pas.

Bien entendu qu'il n'est ici question que du Claqueur mercenaire, entrepreneur de succès salarié, mais nullement de ces généreux enthousiastes, champions volontaires d'un parti, auxquels chaque émotion admirative coûte une poignée de cheveux, quelque consciencieuse meurtrissure, ou une infirmité de poumon. Respect aux sympathies. Plaignons ceux-là.

Gonflé de toute l'importance des intérêts qui gravitent autour de lui, le Claqueur s'arroge l'entière considération des talens qui se confient à ses mains. A eux le mérite, à lui l'impertinence; c'est une répartition comme une autre. On le fait mouvoir au moyen de petits morceaux de papier, taillés carrément, revêtus d'une griffe, et vulgairement nommés billets d'auteurs, d'acteurs, ou d'administration. C'est donc cette monnaie qu'il marchande, comme nous un cheval ou un meuble, et nez à nez avec un vaudevilliste, dont on le croirait collaborateur, il l'assure qu'il ne peut *faire* (c'est-à-dire applaudir) *le couplet final,* ou *achever le dénouement,* sans un supplément de tant de billets, de tant de coupons. Car c'est le propre du Claqueur de s'approprier par le langage, comme les vieux serviteurs, les actes de leurs maîtres, et les œuvres qu'il soutient, et jusqu'aux moindres détails qui en relèvent. Ainsi, en parlant d'un succès de la veille, remporté à son corps défendant, le Claqueur se vantera que cette victoire lui a coûté un œil poché, un bras tordu, un pied foulé. Et si, étonné de le voir au complet, vous exprimez votre doute, vous apprendrez que, personnifiant tout en lui, le Claqueur a compris la troupe entière de ses aides dans le mot *je,* et a eu l'œil poché dans l'un de ces individus, le bras tordu dans un second, le pied foulé dans un troisième. Puis,

ainsi de suite, depuis le lustre jusqu'au trou du
souffleur.

Lorsque le Claqueur a toutes les poches de sa
redingote remplies de billets de caisse, il sort
du théâtre la tête haute, le pas digne, absor-
bant au bénéfice de ses poumons la plus grande
portion d'air possible, en réparation de tout
celui qu'il lui faudra prodiguer dans la soirée.

Il court à la recherche de chacun des dévouemens à sa solde, êtres par lui monopolisés quoiqu'évidemment incomplets, les uns par la chaus-
sure, les autres dans leur costume, mais tous
dignes de juger convenablement une façon d'ouvrage, par la seule dimension de leurs mains,
battoirs vigoureux, sinon toujours rigoureuse-
ment propres. Et n'allez pas, d'avance, plaindre
le Claqueur en chef d'avoir, par intérêt de l'art,
à gravir hauts étages, mansardes élevées. C'est
au rez-de-chaussée et en plein air, dans les li-
mites pittoresques d'une promenade sur les boulevarts ou sur les places, que le Claqueur trouve
à rallier les soldats épars de son bataillon.— Qui
vendant clefs de montres et chaînes de sûreté ;
qui, des gravures prohibées ; qui, des boutons
de chemises ; qui, des cure-dents ; qui, des cols ;
qui, gilets et pantalons au rabais, sont autant

de piliers dramatiques sur lesquels repose le sort d'une production, faite pour le public, dit-on.

Et après la distribution des cartouches dramatiques, du mot d'ordre, de la consigne et de l'heure de ralliement, le Claqueur, allégé d'un deux-centième de responsabilité, dîne copieusement à deux francs par tête, prend sa demi-tasse et son petit-verre, et dépense alternativement le temps qui lui reste encore, entre la lecture d'un journal et l'inspection de son cure-dent. On a vu la toile d'un théâtre ne se lever que bien après l'heure de l'affiche, parce qu'un seul individu manquait. Non qu'on attendît quelqu'un de haut-lieu, mais le chef de claque n'était pas arrivé.

Enfin, l'heure venue, l'œil vif et comme débordé par une grande pensée, il s'achemine vers le théâtre. Sa place y est religieusement gardée, et aucun profane ne peut s'en permettre l'usurpation. Elle est directement sous le lustre, quand il est éclairé au gaz, et un peu en arrière, lorsque l'huile classique circule dans les modestes quinquets.

Pour celui blasé des illusions de la scène, pour l'observateur qui cherche de l'intérêt ailleurs que dans un programme, c'est là le point cul-

minant du lieu, le but de ses regards, le centre
de ses investigations. Quel spectacle que celui
d'ignobles automates, louant leurs bras, leurs
mains, leurs voix au plus offrant et dernier enché-
risseur; claquant, criant, riant, bâillant, pleurant ou sifflant pendant toute une soirée, suivant
les frais de l'entreprise. Tous gaillards à manches
troussées, à mains larges, à l'air provocateur,
prêts à faire rendre raison, le poing sous le nez,
du moindre signe d'improbation risqué par un
spectateur désintéressé, au milieu de ces bruyans
flots d'enthousiasme. Et cependant, au sein de
cette dégradation en exercice, quelques étincelles de pudeur. Un pauvre Claqueur, peu fait
au cynisme du métier, applaudira tête basse,
les mains dans son chapeau, conciliant ainsi
par une secrète et modeste somme de bruit,
la crainte de la honte avec les devoirs de sa
profession.

Un autre, abandonnant la partie, profitera,
pour se moucher, du moment où les justes sif-
flets prennent le dessus, afin de ne point di-
vulguer son triste rôle, jusqu'à ce qu'un coup
de pied, ou quelqu'invitation du même genre l'y
rappelle forcément. A voir ces gestes sans per-
suasion, cette colère sans motif, ces injures de

routine et non de passion, on dirait un corps sans âme, ébranlé par le galvanisme. Mais c'est autant d'épisodes auxquels l'intérêt de la scène ravit le public, jusqu'à ce que le bruit d'un soufflet sonore, ou le charme aéronautique d'un spectateur lancé du parterre à la galerie captive un moment son attention.

Bravo ! Bravo ! — Bis ! Bis ! — A bas la cabale ! — A la porte le perturbateur ! — L'auteur ! L'auteur ! tels sont les seuls mots qui composent le vocabulaire théâtral du Claqueur, les jours de première représentation, la régularisation des incidens imprévus étant tout-à-fait abandonnée aux ressources de son discernement individuel. C'est ce qui a fait que, récemment, un mauvais plaisant ayant abusé de celui d'un Claqueur en chef, le service de l'enthousiasme se trouva complètement déconcerté ce soir-là.

Voici le fait.

C'était la première représentation d'une pièce quelconque en deux actes, à laquelle ne manquait qu'une seule chose, — un dénouement. Or, le rideau tombé pour la seconde fois, le chef de la claque se lève en poussant ce cri que guette l'écho fidèle : *L'auteur ! L'auteur !....*

— Attendez donc, lui dit, en arrêtant l'élan

solennel, le malicieux personnage placé derrière lui, il y a encore un acte.

— Vous êtes sûr?

— Sans doute. Et le dénouement, donc?

— Dam! c'est vrai; mais dire aussi, qui vont risquer comme ça *des coupures* sans m'en prévenir, c'est bien fait pour m'induire, moi. C'est incompatible.

Et là-dessus, le Claqueur s'étant rassis, et la claque s'étant tu, personne autre ne s'avisa de vouloir connaître les auteurs de la pièce, et, fait inouï! ils ne furent pas nommés.

Un quart d'heure après, le Claqueur désabusé cherchait son mystificateur pour l'attaquer sans doute corps à corps en dommages et intérêts.

Mais la farce était jouée, et, comme on pense bien, il n'était plus derrière lui.

Un Importun.

———————

C'est un vilain être, un être bien désagréable qu'un importun.

Depuis que je suis au monde, je me demande chaque jour, avant déjeuner, dans quel but utile le divin créateur de toutes choses a pu créer les serpens à sonnettes, les punaises et les importuns.

L'importunité n'est souvent que le résultat des circonstances imprévues par les esprits les plus comme il faut. Ainsi, telle chose ou tel individu charmait hier et déplaît aujourd'hui. Cependant, ni l'une ni l'autre n'ont cessé d'être charmans; les dispositions appréciantes ont seules changé à leur égard.

N'attaquons donc point l'importun accidentel: tout haïssable qu'il soit, chacun l'a été, l'est ou le sera. C'est tout simple : il faudrait ne rien vouloir, ne rien faire et de tout s'abstenir pour

n'être jamais coupable de ce crime de lèze-so-
ciété. — L'amant trompé est importun pour sa
maîtresse, le solliciteur l'est pour le ministre,
le créancier pour son débiteur, le malheureux
pour le philanthrope, Jean-Peuple pour les gens
qu'il a obligés.

Mais il est une classe d'importuns nés, en
fonctions permanentes, plantés à travers le
monde comme bâton à travers roue, qu'il est du
devoir de la civilisation de ne point épargner.

L'importun est matériel comme chair humaine en lingot. Il questionne peu, parle beaucoup, articule la sentence, exploite l'emphase
et scande chaque phrase par un geste à effet.
L'importun a un habit noir, un jabot et des
breloques, quelquefois des lunettes, toujours
des souliers et un parapluie. Prendre une prise
à certains passages d'un discours est pour lui une
combinaison oratoire.

Il arrive ordinairement pendant qu'on met
le couvert, de façon à dîner avec vous, ou au
moins à vous empêcher de dîner.

Rien d'importun, pour un importun, comme
la concurrence d'un autre importun.

Comment tolérer froidement de pareilles con-
trefaçons de l'homme civilisé ! Impossible cepen-

dant de faire une Saint-Barthélemi d'importuns. Guerre donc à ces parias de la conversation. Que la gaîté la plus vagabonde déroute leurs
symétriques discours et qu'au moins leurs travers prétentieux, tournant au profit de la commune joie, récréent la société qu'ils consternent.

Il y a quelques jours, j'arrive dans une maison
habituellement très-gaie, ornée de quatre jeunes
personnes très-rieuses — en ce qu'elles ont de
belles dents — et à qui je procure le plaisir de
les faire voir souvent, parce que je suis assez
jovial de nature. A mon grand étonnement, le
silence le plus parfait régnait dans le salon.
Muettes, mes quatre petites amours brodaient
tranquillement dans un coin, tandis que la
mère soutenait seule à grand'peine la conversation avec un de ces êtres intitulés importuns.

Ma préférence ne fut pas incertaine un moment; après les saluts d'usage, je fus m'asseoir
auprès des charmantes poulettes aux belles dents,
tandis que le monsieur reprit gravement le discours qu'il disséquait avant mon arrivée.

— Qu'est-il donc survenu de sinistre aujour-
d'hui, demandai-je à basse voix? Pourquoi cet
air anéanti? Serait-il arrivé quelque malheur?
M. Fox serait-il malade?

— Oh! non, Dieu merci, me répondit en souriant Claire aux blonds cheveux, non; mais ne voyez-vous pas M. Rignard qui cause avec ma mère; voilà deux heures qu'il pérore; il nous avait presque endormies et je crois qu'il en arrive autant à maman.

— N'est-ce que cela, mes chers petits cœurs; mais nous allons y mettre bon ordre. Voulez-vous que nous le renvoyons le plus honnête-ment du monde?

Et aussitôt quatre petits oui, bien aigus, bien gentils, m'attaquant les oreilles, me prouvent que je ferai là quelque chose de fort méritoire.

Alors nous nous rapprochons insensiblement, et je prends part à la conservation pour soula-ger cette pauvre maman Derbal, sur qui en ef-fet le soporifisme commençait à opérer. Notre importun, rejetant sur une ondée du mois ca-pricieux où nous sommes l'indiscrétion qui le fai-sait se trouver là à l'heure du dîner, racontait comment « les torrens d'une pluie battante frap-» pant les vitraux de ses appartemens l'avaient » obligé à différer jusque-là la présentation de ses » devoirs respectueux. »

Depuis deux heures déjà qu'il parlait, le corps droit, le nez en l'air, tenant son chapeau d'une main et son jabot de l'autre, il n'avait pas encore changé de position, lorsque, se tournant toujours vers madame Derbal, il leva enfin une jambe pour vouloir bien la croiser sur l'autre. A ce mouvement, je dis tout bas à mes compagnes silencieuses: «Levez-vous donc, mesdemoiselles, M. Rignard qui s'en va, » et déjà j'avais quitté mon siége. Une satisfaction électrique met aussitôt les demoiselles debout, et toutes quatre de faire la révérence à mon importun, toujours assis gravement. Le bruit réveille Mme Derbal; voyant tout le monde en l'air, elle s'empresse de se mettre sur pied, en bégayant quelques adieux; ce peu de mots explique à M. Rignard la cause de cette subite spontanéité : confus de perdre ainsi la parole par un malentendu qu'il ne conçoit pas, il se lève enfin à son tour, l'œil hagard et le teint coloré. Armé déjà de son parapluie et de son chapeau, dans son trouble, il tient encore sa chaise à deux mains, et dans cet équipage, il se retire à reculons, sans pouvoir prononcer un mot, et sans non plus que tout le comique de cette scène permette aux demoiselles de la maison de faire autre chose que de l'accompagner en souriant.

Tout allait fort bien ainsi. M'applaudissant de

mon joli stratagème, j'avais fait une pirouette, et devant la glace je réparais le désordre de mes cheveux. Tout-à-coup, j'entends derrière moi un bruit effroyable suivi de cris perçans. Un saut de surprise faillit me faire briser glace, pendule et candélabres, et en me retournant, je vois M. Rignard étendu sur le dos, un guéridon et son cabaret sur le ventre, avec accompagnement de chaise, parapluie, perruque et chapeau par terre à ses côtés, tandis que M. Fox effrayé lui lutine agréablement les oreilles.

Marchant toujours à reculons, suivi de tout son attirail, troublé par la honte, aveuglé par la rougeur, il était ainsi arrivé dans sa retraite au milieu du salon, et là une vigoureuse révérence à la Rignard avait renversé importun, chaise, chapeau, guéridon, perruque et cabaret. Et les dames de s'écrier, et moi d'appeler à tout rompre, et gens d'accourir et chien d'aboyer.

M. Rignard était rageur, et dans sa colère il se vengeait sur Fox qui lui rendait force coups de dents.

A ce douloureux spectacle, les dames se remirent à jeter les hauts cris, et moi de faire chorus, tandis que les valets riaient à bien gagner leurs gages. C'était un vacarme à ne rien enten-

dre , véritable scène de cabaret, et si l'on ne
m'avait pas vu, j'aurais volontiers renversé lit,
commode et secrétaire pour augmenter la fête.

Enfin, on sépare les deux combattans, on relève le guéridon, on ramasse les débris du cabaret et on congédie la plus grosse pièce. Le
calme un peu rétabli, on se réjouit de ce que
l'importun ne reviendra plus, pour ne point réparer par quelque cadeau le désastre de cette
malheureuse séance, et moi, bonne âme, s'il
en fût oncques, j'assure que si les importuns
étaient tous aussi aimables que le voluptueux
Rignard, je rechercherais volontiers leur société.

Un Conspirateur moderne.

Il a dix-huit ans, du courage, des moustaches, un gilet ridicule, un habit bien fait.

Il a bon cœur et mauvaise tête. Il fera d'excellentes études, quand il suivra ses cours ailleurs que sur les places publiques, et sera ensuite fort capable de servir honorablement son pays, si quelque bayonnette municipale ne l'a pas éventré d'ici là.

Mais aujourd'hui que la vie court si rapide, que les drames s'amoncellent si nombreux, l'expérience s'endosse comme une redingote, les convictions vous happent au cerveau, puis le raisonnement vient s'il peut.

Le conspirateur moderne a donc son arsenal de principes impromptus. Ennemi-né de tout pouvoir qui ne lui parle pas à l'oreille, il s'agite contre n'importe quel ordre de choses, car c'est son rôle à lui, comme à d'autres de se cramponner après.

Il est l'ami du peuple , et lui ferait volontiers part de sa fortune , — s'il en avait une.

Le travail des siècles, les philosophes , les religions , les morales , sont autant de matières traitées par lui comme du pain rassis. A refaire faute de les connaître..

Du reste , il possède suffisamment ses auteurs pour en faire des mannequins politiques. Il réclame l'austérité des républiques anciennes , et dîne chez Véfour.

Il demande l'abolition de la peine de mort , et louange très-agréablement M. de Robespierre , qui , si on l'avait laissé faire , aurait fini par abolir toutes les peines de la vie.

Pour le conspirateur, il n'y a en politique , ni crimes , ni excès. Le tout se réduit à la simple nécessité. Cependant, comme la politique est la seule passion à laquelle rien , ni hommes ni choses , puisse rester étranger , le dilemme commence à devenir effrayant. Aussi le conspirateur se contente-t-il de généraliser, par quelques mots pleins de vide , le souvenir de vastes horreurs dont les détails l'épouvanteraient. Pour lui, Marat n'est qu'un *système*, et Robespierre une *organisation*. Pauvre jeune homme ! on dirait, à l'entendre , qu'il lui faut absolu-

ment, avant dîner, les têtes d'honnêtes gens
qu'il n'a jamais vus, et il est encore inconsola-
ble d'avoir tué, avec toutes les formalités de l'es-
crime, un individu qui l'avait provoqué.

C'est qu'aussi, à le voir, ceux qui ne le connaissent pas le prendraient pour un être fantastique en diable. Au milieu d'une réunion, il
sollicitera une mission d'assassinat, du même
air que vous demanderiez un verre d'eau sucrée;
il proposera d'envoyer l'indépendance à tel peuple, comme une lettre par la petite poste; de
défendre la liberté, comme s'il savait où elle est.
Il a trouvé moyen de confectionner de l'insurrection à la mécanique; il en fera à propos d'un
œillet, d'un chien, d'une cravate, le tout à
heure fixe et par principes. Emblème séditieux
en chair et en os, les insignes de la rébellion se
disputent la mince étendue de son corps. Un
gilet à la Robespierre, un chapeau à la Marat,
un signe de ralliement à la boutonnière, et un
assommoir pour canne, voilà les ornemens de
son physique. Quant à l'extérieur de son moral,
vous le connaissez déjà; mais gardez-vous de
juger par lui le véritable caractère du conspirateur moderne, car alors, vous l'appelle-
riez modérément buveur de sang, mangeur

de chair humaine; tandis que, rentré chez lui, seul avec les illusions douces à son âge, ce terroriste devient fils soumis, frère aimant, amant aimable.

Dernièrement, une de ces organisations ayant eu le malheur de ne pouvoir se faire casser la tête pour un arbre, ses amis lui reprochèrent son absence dans une circonstance aussi décisive. Mais le coupable imposa silence à tous ses complices par cette seule réponse filiale : «*Papa n'a pas voulu me laisser venir.*»

Ainsi vous l'entendez, chefs de famille : Réservez pour la gloire du pays l'appui de ces jeunes courages, et à l'impatience de leur énergie, opposez la sagesse de ces paroles descendues d'un tribunal dans l'intelligence des masses : «Qu'on renonce désormais à tout épouvantail de conspirations républicaines. Nous ne sommes pas des enfans, et nous avons un meilleur emploi à faire de notre vie que de la jouer pour des inutilités. Avec ce que nous attendons, il est facile d'attendre. Les partis qui ont de l'avenir ont de la patience. D'ailleurs, nous sommes jeunes, et dans ce temps, le monde va vite.» (*Cavaignac.*)

Le Geôlier.

Sa voix a le son glacial d'un trousseau de clés.

Transféré du tribunal à la Conciergerie, un meurtrier, nonchalamment étendu sur la paille, se trouvait dans cette position délicate de la vie sociale, qui place l'homme à erreurs entre un arrêt positif de la cour d'assises et l'espoir chanceux d'un pourvoi.

En proie aux idées sombres que doivent naturellement faire naître un présent de chaînes et un avenir d'échafaud, il mâchait un morceau de tabac par manière de consolation, quand le bruit sourd des verroux vint troubler ses rêveries de douleurs et de sang.

C'était le geôlier de la Conciergerie.

— Eh bien, criminel, nous avons donc tué not' père? dit celui-ci, en dérogeant à sa coutume silencieuse.

— Ah! mon dieu oui! monsieur le geôlier, répondit, en ôtant promptement sa casquette, le coupable honoré de tant d'égards.

— De quinze coups de couteau, je crois?

— Dame! oui, monsieur le geôlier.

— Diable! quinze!... ça devient *répréhensible!* Un encore, passe; mais quinze!... *C'est de l'enthousiasme.*

— C' que vous dites là, c'est très-conséquent, judicieux geôlier; mais, voyez-vous bien, on n'peut pas être parfait. Ici bas, tout l'monde a ses défauts, — *chacun les leurs.*

— Oh! moi, c'que j'en dis, c'est pas pour vous blâmer, criminel! Chacun ses désagrémens. Ah! çà, à présent :— *Êtes-vous un homme?*

— Mais... oui, monsieur le geôlier, répondit le condamné, en étudiant d'un œil inquiet le sens de cette brusque transition. — Pourquoi cette question?

— Chose de savoir. Tant mieux ensuite que vous soyez un homme, parce que, dans ce monde, faut être un homme..... C'est que, vous savez, il y a comme ça des hommes qui ne sont pas hommes... Mais, puisque vous êtes un homme, c'est différent... Ainsi, tenez, moi je suis un homme.... Vous, vous êtes un homme.... Nous voilà deux hommes ici ; et, puisque vous êtes vraiment un homme... Eh bien ! — votre pourvoi est rejeté !

Ici, le condamné tombe à la renverse, et parcourt en un long cri toutes les gammes de la désolation.

— Eh bien ! qu'est-ce qui nous prend donc ?... continue l'impassible geôlier ; comment ! vous me dites que vous êtes un homme... et puis pas du tout, vous n'êtes pas un homme... Nous ne sommes donc plus deux hommes ici ?

— Mais.....

— Allons, sacrebleu, pas d'enfantillage ! Soyons donc un homme... Tenez voici justement M. l'abbé Montèze qui arrive. Ah ! voilà un homme !... C'est lui qu'on peut appeler un fameux homme, depuis trente ans qu'il apprend aux hommes à être homme ! Il va vous exhorter à devenir aussi un homme... Ainsi, criminel, je vous laisse avec lui, et au moins... montrez-vous un homme...

Surtout, faut pas nous amuser. C'est pour tantôt, quatre heures, entendez-vous ?...

FIN.

22

TABLE.

SOUS PRESSE.

LE LIT DE CAMP,

SCÈNES DE LA VIÈ MILITAIRE ;

Par l'auteur de *la Prima Donna et le Garçon Boucher.*

1 vol. in-8°, 7 fr. 5o cent.

LA MODISTE ET LE MATELOT,

Marines.

1 vol. in – 8°.

En Vente :

LA PRIMA DONNA

Et le Garçon Boucher.

1 vol. in-8° avec vignette, 7 fr. 5o cent.

BIOGRAPHIE POLITIQUE

DES DÉPUTÉS.

SESSION DE 1831.

1 vol. in-8°, 5 fr.

ET AVEC LE TABLEAU FIGURATIF, COLORIÉ,

DE M. SAINT-ÉLOY, HUISSIER DE LA CHAMBRE. — 6 FR.

IMP. DE DEZAUCHE, FAUB. MONTMARTRE, N. 11.

SOUS PRESSE.

LE LIT DE CAMP,

SCÈNES DE LA VIE MILITAIRE ;

Par l'auteur de *la Prima Donna et le Garçon* 1

1 vol. in-8°, 7 fr. 50 cent.

LA MODISTE ET LE MATE

Marines.

1 vol. in − 8°.

En Vente :

LA PRIMA DONN

Et le Garçon Boucher.

1 vol. in-8° avec vignette, 7 fr. 50 c

BIOGRAPHIE POLITIQUE

DES DÉPUTÉS

SESSION DE 1831.

1 vol. in-8°, 5 fr.

ET AVEC LE TABLEAU FIGURATIF, COLORIÉ
DE M. SAINT-ÉLOY, HUISSIER DE LA CHAMBRE.

IMP. DE DEZAUCHE, FAUB. MONTMARTRE, N.

www.ingramcontent.com/pod-product-compliance
Lightning Source LLC
Chambersburg PA
CBHW070305030726
47505CB00004B/905